江戸城炎上
本丸 目付部屋2
JN190640
木
桂
時代小説
二見時代小説文庫

目次

江戸城炎上——本丸 目付部屋 2

第一話　目安箱(めやすばこ)

一

明らかに子供の筆跡(て)と見える妙な訴状が、幕府の目安箱(めやすばこ)に入っていたのは、毎日じめじめと雨ばかりが続く梅雨(つゆ)の始め時分のことであった。

武家であろうが町人であろうが、誰もが自由に訴状を投函できる目安箱は、江戸城の大手門(おおてもん)からも程近い、評定所(ひょうじょうしょ)の門前に置かれている。

八代将軍・吉宗(よしむね)公が設置を決められた目安箱には、将軍以外、何人(なんぴと)たりとも中の訴状に手出しができないよう厳重に錠前がつけられていて、鍵は将軍が、自分の下着の襦袢(じゅばん)に縫い付けてある錦の布の小袋にしまって、しっかりと管理していた。

目安箱の訴状が回収されるのは、月に三回、二日、十一日、二十一日の朝である。

老中方の配下の者が評定所の門前まで出向いて、目安箱を箱ごと回収してくるのだが、城中に戻って、それを御用部屋（老中や若年寄らの執務室）にいる老中のもとに届けると、今度は自ら老中が将軍の秘書役である『御側御用取次』の部屋に運んで、その取次役に上様のお手元まで届けてもらうのだ。

上様が目安箱をご覧になられる場所は、上様の私室の一つである『御休息之間』と決まっている。

そこで上様は、側近の小姓や小納戸たちまで人払いして、完全にお一人になられた後に、初めて襦袢の小袋から鍵を取り出して、目安箱をお開けになるのである。

今回もそうした面倒な手順を経た上で、上様は中の訴状に一通ずつ、お目を通されたそうである。

目安箱の中身の量は日によってまちまちで、数通しか入っていない時もあれば、何十通もの訴状が投げ込まれていることもある。

とはいえ、そのほとんどは私的な愚痴や悪口にすぎないものや、「この件なれば、町奉行所に訴え出ればすむことだ」という風な、つまりは上様が直々にお目を通される目安箱への『箱訴』を軽んじているものばかりで、取り立てて調べを進めねばならぬ訴状など、ほとんどないというのが実情であった。

　だが今回、上様は、三十通あまりあった訴状のなかから一通だけお取り立てになり、「急ぎ、目付方の妹尾のもとにまわすように……」と老中方にお命じになられたとのことで、それはこの訴状を出した人物が町人や百姓ではなく武家の家の者で、それも幕臣の子なのではないかと予想ができるからだった。

　町人にまつわる箱訴ならば、町奉行の管轄であるから、訴状も当然、町奉行にまわされて、そちらで調査し、対処することとなる。

　またそれが百姓にかかわる箱訴なら、支配は勘定奉行なので、すべてそちらでの対処となる。

　だが今回の子供の筆跡と見える訴状には、

『御徒町　吉田種四郎』

との記名があった。

　御徒町は、幕臣の御家人たちの屋敷が集まって構成されている武家町である。

　つまりこの『吉田種四郎』は幕臣の家の者であろうから、今回の訴状は、幕臣を管轄している目付方にまわされてくるのが、当然であったのだ。

　その吉田種四郎が訴状には、こう書かれてあった。

『弟がもう一月も、家に帰ってまいりません。父上に売られてしまったにちがいないから、あきらめろと、兄たちは申します。母上も、あの子は神かくしにあったのだと言って、いっしょに探してはくれません。どうか私といっしょに、弟を探してくださいませ』

いかにも子供らしく必死の体のこの訴状を、目付筆頭である妹尾十左衛門久継は、今、老中方から直々にお預かりしてきたところであった。

「ほう。こうした訴状でございましたか……」

訴状を読み終えて、十左衛門に話しかけてきたのは、十人いる目付の一人、赤堀小太郎乗顕である。

「うむ」

今、二人は目付方の執務室である目付部屋のなかにいて、訴状を前に話をしているのだが、今回、十左衛門はこの案件の調査を、この赤堀小太郎にも手伝ってもらうことにしたのである。

今年で二十八歳になった赤堀は、目付としては中堅といったところである。この赤堀は十人いる目付のなかでは際立って優しく朗らかで、子供相手に訊き込みをするには、大変に頼りになる。

「して、ご筆頭。実のところ上つ方の皆さまは、この訴状に、やはり何ぞか不正の臭いをお感じで？」

「それよ、それ」

やはり赤堀も不正を感じてくれたかと、十左衛門は頼もしく思った。

赤堀の言った「上つ方」というのは、目安箱より訴状をお選びになられた上様だけではなく、老中や若年寄の面々も含めてのことである。

子供が一人、行き方知れずになっているというのだから、それだけでも、たしかに一大事には違いないのだが、この訴状には、実は幕府として見過ごしにする訳にはいかない懸念材料が隠されていた。

この訴状には、

『父上に売られてしまったにちがいないから、あきらめろと、兄たちは申します』

との一文がある。

この記述の通り、もし本当に武家で男児が父親に売られたのだとしたら、何よりまず疑わしいのは、違法な養子縁組であった。

武家は自分の家に跡継ぎの息子がなく、婿を取れるような娘もいない場合には、他家から養子をもらうしか家を存続させる手段がない。

とはいえ養子はどこからもらってもいいという訳ではなく、必ず血縁関係のある親戚から養子を取らねばならないため、親戚のなかに丁度いい人材が見つからない場合は、御家存続の危機を迎えることとなった。

そこで横行するのが、違法な養子縁組である。

武家には元来、自分の家に子が生まれても、出生届を出す義務が幕府から課されておらず、届が必要となるのは、家督相続に関わる時のみ。

たとえば「この長男の鉄三郎が、我が沢田家の嫡子です」とか、「我が家には孝次郎という次男がおりましたが、こたびめでたく他家への婿入りが決まりました」などと、自分の家の嫡子になったり、他家の養子や婿や嫁になったりした時のみ、改めて幕府に届を出せば、それだけでいいのである。

つまり幕府のほうからすれば、どの武家に何人の息子や娘がいるものか、いっこうに判らない。

ゆえに幕府に存在を知られていない次男以下の息子を、内密に血縁関係のない他家へと養子に出し、その家の息子として嫡男の届を出すという違法な縁組も成り立つという訳であった。

とはいえ、そうした家督相続に絡む違法行為が発覚すると、子を養子に出したほうも、養子をもらった家のほうも、必ず両家ともに取り潰しになる。

縁組の首謀者である双方の当主や養子本人は切腹と決まっているし、また縁組を知っていて止めずにいれば、その家の男性家族たちも、島流しや江戸追放などの厳罰に処せられるため、違法な養子縁組に手を染める武家は、そう多くはなかったのである。

だが今回、吉田種四郎の訴状には、不正の臭いが濃厚に漂っている。

「『種四郎』というのに『弟』がいて、『兄たち』もおるのですから、どれだけ男子がいるものやら……」

頭のなかで数を数えるようにして言ってきた赤堀に、十左衛門もうなずいた。

「かように息子が多いとなれば、いよいよもって、なかの一人を養子に『売った』のやもしれぬな……」

頭を突き合わせるようにして訴状を眺めながら、二人はどう調べを進めるのがよいものか、あれこれと話し始めるのだった。

二

御徒町に住む吉田種四郎と言われても、それだけで簡単にその『吉田家』を特定できる訳ではない。

それというのも俗に「御徒町」と呼ばれる一画は、上野(うえの)の南東に位置するとてつもなく広大な武家地で、歩兵身分の御家人である『御徒』らの屋敷が千軒近くも、所狭しと建てられているのだ。

おまけに武家の屋敷には表札を出す習慣がないから、表札を頼りに『吉田』を探すことはできない。商家であれば家の表に看板を出して屋号も記し、あまねく世間の人々に商品も店の名も広めたいところであろうが、武家は安易に表札など出せば、いざという際、敵にまで本陣を知られてしまうことになるのだから、もとより出しはしないのである。

そんな訳で、どれも似たような雰囲気の小ぶりの武家屋敷が建ち並ぶ御徒町の一帯に『吉田種四郎』の家を見つけるべく、十左衛門は赤堀と二手に分かれて、徒目付(かちめつけ)の本間柊次郎(ほんまとうじろう)ら配下の者たち数名をそれぞれ供として、まずは辻番所(つじばんしょ)をまわってみることにした。

辻番所というのは、武家町に特有の交番のようなもので、武家どうしの意地の張り合いで起こりがちな路上での喧嘩口論を止めて引き分けたり、道端で具合が悪くなった者などを番所に引き入れて介抱したり、訪問先の屋敷が判らず困っている者などに道案内をしたりと、どこの辻番所でも昼夜交替で少なくとも二人ずつは、番人を立てて対処している。

御徒町にはこうした辻番所が通りの要所要所に二十五ヶ所あまりもあるため、それらの辻番所を一つずつ訪ねて、その近辺に『吉田』という武家がないか聞き込みをするのが早道であるからだった。

そうして手分けをして片っ端から辻番所を当たること半日、千軒近くあった御徒町にある武家のなかから『吉田』と名乗る家を五軒ほど搾り出したまではよかったが、ここからが実際、くだんの『種四郎』に近づいて直接に話を聞くには難しいところであった。

金欲しさに息子を養子に売ったのであれば、十左衛門ら目付の詮議からは当然逃げようとするはずで、こちらが正々堂々「目安箱の訴状の詮議にてお伺いいたすのだが、ご貴殿がお屋敷には、種四郎どのとおっしゃるご子息はおられまいか？」と訊ねても、「種四郎なれば、たしかにうちにおりまする」などと正直に答えてくる親ではないであろう。

つまり吉田という武家が五軒に絞り込まれても、それで直ちに一軒一軒、種四郎を探して訊きまわる訳にはいかないのである。

本来ならば、それぞれの吉田家に見張りをつけて、その吉田家から男児が幾人も出てこないものか確かめればよいのだが、残念ながらああした武家町の路上には身を隠せる場所がないため、暗い夜でもないかぎり、長時間の見張りは無理であった。

「いかがなさいますか、ご筆頭。このあたりの武家の子の通う道場が何処(いづこ)か調べまして、『吉田種四郎』が通ってはおらぬか訊き込んでまいりましょうか？」

そう言ってきた赤堀に、十左衛門は「いや……」と首を横に振って見せた。

「この訴状が真実(まこと)であれば、道場になど通わせてはおるまいて」

さっき吉田家が五軒に絞り込まれた後、十左衛門らは目立たぬよう通行人を装いつつ、それぞれの吉田家の前を通って「外観だけでも」と眺めてきたのだが、五軒ともいかにも小禄の御家人らしい屋敷の造りだったのだ。

「子を売るほどの暮らしぶりだ。何のお役に就いているかは判らぬが、喰い扶持(ぶち)のかかる男児ばかりを幾人も抱えて、且(か)つ道場だ、寺子屋だと通わせる余裕はあるまい」

「さようでございますねえ……。では何ぞ、他の一手を」

そう言って赤堀は、早くも次を考え始めているようである。

こうして自分の意見に執着せずに、屈託なく相手(ひと)の意見に耳を傾けることのできる赤堀の素直さや明るさは、誰もが簡単に真似できそうで真似のできない美徳だと、十左衛門は常々好ましく眺めていた。

赤堀の、この人好きのする性質は、目付の仕事をする上でも有効な武器となっている。ことに今回の案件では、子供を相手にいろいろと訊き出さねばならないため、穏やかで声も優しい赤堀に前面に出てもらえば、子供に威圧感を与えることなく、調べが潤滑に進むのではないかと十左衛門は期待していた。

と、そんな十左衛門の心の内を知ってか知らずか、赤堀がこんなことを言い出した。

「ちと時がかかるやもしれませぬが、この界隈を皆で手分けをしてうろつきまして、通りかかった子供らに『吉田種四郎というのを知らぬか?』と、訊ねてみてはいかがでございましょうか?」

「おう、それがよいやもしれぬな」

たしかに赤堀の言う通り、どの家にどんな子供がいるものか、子供どうしのほうが詳しいに違いないし、下手に大人になぞ訊ねれば、こちらも嘘はつけぬから「目付」と名乗らねばならず、「お城から目付が来て、吉田という家を調べている」などと噂にもなりかねない。それが『種四郎』の親たちの耳に入れば、先に悪事を隠されてしまうかもしれなかった。

とはいえ子供相手に訊きまわるにしても、何らかの工夫は必要である。

「吉田種四郎を知らぬか？」などと、やみくもに訊きまわれば、いくら子供でも不審に思い、「見かけぬ大人に、妙なことを訊かれた」と、親たちに報告してしまうに違いなかった。

「箱訴の調査とは申せぬゆえ、何と言って訊ねるのがよかろうなあ」

十左衛門が考え込むと、赤堀は何ほどもない顔をして、

「なれば、こうした筋立てはいかがでございましょう」

と、さっそくに提案してきた。

「『ちと道端で文を拾うたゆえ、親に知られぬよう内緒で届けてやりたいと思うのだが、このあたりに吉田種四郎と申す子供を知らぬか』と、内緒話の体にして訊ねてみましては……？」

「おう、それはよい」

十左衛門が手放しで賛同すると、赤堀は素直に嬉しそうな顔をした。

「なれば、さっそくにも本間らと手分けをいたしまして、聞き込みを」

「うむ」

そうはいっても、何せ御徒町は武家屋敷ばかりで身を隠せる場所もないから、一つの場所に長く立ち止まって張り込むという訳にはいかない。十左衛門は一計を案じて、

自分や赤堀も含めた十数人ほどを目立たないよう二人一組ずつにして、五軒ある吉田家の近辺を中心に御徒町の通りを歩きまわらせた。

梅雨時で、今日も朝からじっとりと雨が降り続いているせいか、子供どころか大人たちとも、めったに行き会わない。それでも皆で雨のなか粘って歩きまわっているうちに、一人、また一人と、道で子供と行き会って話ができる者が増えてきて、とうとう「吉田種四郎なら、よく遊ぶから知っている」という少年に、徒目付の本間を含む組が行き会えた。

かねてより相談の通り、赤堀が提案の『文を拾った』話をして少年に繋ぎを頼み、その場で待つこと小半刻（約三十分）あまり。その間に、本間たちも二手に分かれ、一人その場に残った上で、本間が十左衛門と赤堀に報告するため、二人を探して駆けまわった。

報告を受けた十左衛門ら二人が、急ぎ本間の案内で待ち合わせの場所に向かうと、留守番の徒目付と話をしているらしい少年二人が、遠目から見て取れた。

うち一人は年かさで、「少年」というよりは「青年」に近い、十七、八歳と見える者である。他の一人はそれよりはかなり下で、さしずめ十一、二歳といったところであろうか。

「繋いでくれた子は、どちらのほうだ？」

早足で歩きながら、十左衛門が横にいる本間に訊ねると、本間は少年たちを凝視して、首を横に振ってきた。

「いえ。繋ぎの者はおりませぬ。あの二人よりはずっと幼く、まだ十かそこらの童（わらべ）という風でございましたゆえ」

「なれば必定（ひつじょう）、少なくともどちらか一人は、吉田種四郎ではないということにございますね」

めずらしく顔を引き締めてきた赤堀に、「うむ」と十左衛門もうなずいて見せた。

「風情（ふぜい）が似ておるゆえ、おそらくは兄弟であろうと思うが、向こうの事情が見えぬ間は、こちらを『目付』と明かさずにいたほうがよかろうな」

「はい」

赤堀がうなずいた時には、少年たちのいる場所は、すぐ目の前になっていた。

すると、少年ら二人のうちの小さいほう、やはり近くで見ても十一、二歳と見える少年が、一足スッと前に出て、ていねいに頭を下げてきた。

「目安箱に文を入れさせていただきました吉田種四郎でございます。お取り上げいただき、まことに嬉しゅうございました」

そう言って、たしかに嬉しそうにしている種四郎少年は、目ばかりギョロギョロと大きくて頬がこけ、身体つきも小柄で痩せぎすな、全体、貧相な風情の少年である。

するとその種四郎の背中を引っ張って、自分の並びに引き戻しながら、もう一人の大きいほうが挨拶をしてきた。

「種四郎の長兄の、吉田貞太郎にございます。このたびは弟がつまらぬことでお呼び立てをいたしまして、まことにもって申し訳ございませんでした」

言い終えるが早いか、兄の貞太郎は種四郎の頭をつかんで、ぐいっとばかりに、自分と一緒に深く頭を下げさせている。そうして顔を起こすと、いかにも文句を言いたげな種四郎を目で抑えて、十左衛門らのほうに改めて向き直ってきた。

「種四郎はまだ幼うございますゆえ、勘違いをいたしておりまして……。五男の弟、清五郎は、別に売られた訳ではございません。他家へ養子に出ただけにございますので」

「養子とな？」

十左衛門が鸚鵡返しに訊ねると、貞太郎はうなずいた。

「はい。れっきとした養子縁組にございます」

「さようでござるか。して、縁組の先は、どちらのご縁戚でござろう？　ご貴殿が御家よりは、いまだ縁組の届け出が出されてはおらぬようだが」

「………」

と、急に黙ってうつむいてしまった貞太郎の耳元に近づいて、十左衛門は声を落とした。

「幕府から禄をいただく直参が、届け出も済ませぬままに他家と縁組を交わしたというのであれば、急ぎ仔細を伺わねばならぬ。お父上はご在宅であられるか？」

「あっ、いえ、それは……」

とたんにはっきり困り顔になった貞太郎に助け舟を出すように、「ご筆頭」と赤堀が横手から口を出してきた。

「やはり立ち話では済まぬようでございますゆえ、どこぞに場を移しまして、まずはこの者ら二人から話を聞いてはいかがでございましょう」

「うむ。なればこのまま駿河台の拙宅まで、ご同道いただくか」

「はい」

と、十左衛門にうなずいておいて、赤堀はすぐに吉田兄弟二人のほうに向き直って、穏やかに笑顔を見せた。

「案ずることはない。ちと話を訊くだけだ」

見れば、年少の種四郎はむろんのこと、兄の貞太郎も青ざめて顔を硬直させている。見ず知らずの役人にどこかに連れていかれるというのだから、不安で仕方ないのも当然であろう。そんな二人に赤堀は、目を合わせて話しかけた。

「こちらのお方は、幕府お目付方ご筆頭の妹尾十左衛門さま、拙者も目付で、赤堀小太郎と申す。こたびが一件については上様より、『弟を案ずる、この吉田種四郎の力になってやれ』と、我ら目付に君命が下ったのだ。ゆえに我らについてきたとて、そなたらに何の危害も加えるものではない。案ずるな」

「はい。よろしゅうお願い申し上げます」

赤堀の言葉に元気よく答えてきたのは、弟の種四郎のほうである。この種四郎は、さっき十左衛門が貞太郎と養子縁組について話していた時も、いかにも何か言いたげな顔をして、下からずっと兄を見上げていたのである。「五男は養子に出ただけだ」という兄の話に納得できない何かを感じているのだろうと思われた。

「たしか清五郎どのと言われたか、一緒に探して欲しいという訴えでござったな？」

十左衛門が確かめるように言うと、種四郎は「はい」と応えて、しっかりとこちらに目を合わせてきた。

「弟はいつも私や兄たちにくっついてまわって、一人にすると、すぐに泣いておりましたので、今もどこかでたった一人で、さぞかし泣いているだろうと思うのです。どこにいるかは判りませんが、早く見つけて、そばにいてやりとう存じます」

「うむ。貴殿のそのお心がけ、兄者として、まこと殊勝にござるぞ」

「はい。ありがとうございます」

真っ直ぐにこちらを見てくる種四郎に対して、兄の貞太郎のほうはいかにも屈託ありげな顔つきで、おそらくは誰とも目を合わせたくないのであろう、さっきからずっと俯（うつむ）いている。

貞太郎はもう十七、八にはなっているのだろうから、家や両親を守ろうとして嘘をつき続けるに違いない。その貞太郎からどうやって本当のことを聞き出せばよいものか、十左衛門は早くも考えを巡らせるのだった。

三

十左衛門の自宅である妹尾家の屋敷は、神田川（かんだがわ）に架かる水道橋（すいどうばし）からも程近い、駿河台の入口にあった。

妹尾の家は家禄が千石なので旗本のなかでは中流といったところだが、三河（みかわ）以来の古参の家柄なため、幕府から拝領している屋敷地は広くて九百八十坪あまりある。母屋の建物だけでも百六十坪もの広さがあった。

　この広い屋敷に十左衛門は男ばかり、用人や若党、中間や下男など二十六人の家臣とともに暮らしているのだが、このなかに一人だけ、子供の若党が混じっていた。飯田路之介という、まだ十一歳の少年である。路之介は、元は罪人の息子であった。

　家禄二百石の旗本であった路之介の父親・飯田岳一郎は、高額な持参金に目がくらみ、路之介というれっきとした嫡男があるというのに病死したことにして、他家から不正に養子を取ろうと画策したのである。しかもその手口は、まことに悪辣なものだった。

　実は路之介には『千絵』という名の姉がいて、母がいないこともあり、路之介はこの姉を母のように慕っていたのだが、病弱だった千絵がとうとう病で亡くなった時、父親の飯田岳一郎は、この娘の死を利用することを思いついた。

「死んだのは千絵ではなく、嫡子の路之介である」として、千絵の亡骸を路之介の名で密葬し、路之介には病弱な千絵のふりをさせて家のなかにこもらせた上で、高禄で金持ちの親戚から持参金つきの養子を取ろうとしたのである。

　武家は不正な縁組をしただけでも厳罰に処せられるというのに、こんな風に欲得がらみで悪辣な縁組を企てたとなれば、両家ともに取り潰しになって、当主ら首謀者たちは切腹となる。

十左衛門は当時その案件を担当し、飯田岳一郎の悪巧みを暴いて、死んだことにされていた可哀相な路之介を救ったのだが、幕府の裁きの後、飯田家が潰れて行き場を失った路之介を、自分の家の若党として引き取ったのである。

そんな経緯(いきさつ)があり、十左衛門が駿河台の自宅に帰ると、屋敷の玄関には大抵いつもこの十一歳の若党が出迎えに現れる。

今も十左衛門が赤堀と徒目付の本間、吉田兄弟の四人を引き連れて帰ってくると、出迎えに出てきた路之介は、若党らしく主人の刀を受けるべく式台にひざまずいた。

「お帰りなさいませ。これからご詮議でございましょうか?」

主人が連れてきた客たちの顔ぶれを見て取って、気を利かせてきたのだろう。路之介は、最近とみに妹尾家の若党として成長し、頼れる存在になってきた。

「いや、『詮議』と申すほどではないのだが、ちとゆるりと話を聞きたいのだ。赤堀どのと一人ずつ手分けをするゆえ、座敷を二つ、頼む」

「はい。ではすぐに表と奥とで、ご用意をいたします」

そう言って十左衛門や赤堀らに向けて一礼すると、路之介は足早に奥のほうへと消えていった。そんな路之介の後ろ姿を見送りながら、赤堀が感嘆して口を開いた。

「いや、これは見事な若党ぶり……。どうも路之介どのは、見るたびごと頼もしゅうなられますね」

「うむ。元より賢いのであろうが、それに加えてあの飯田の父の下、幼き頃よりさまざまに苦労をしたゆえ、ああしてよう気がまわるのであろうよ」

「さようでございますね……」

　今も路之介は「赤堀どのと手分けをする」と伝えただけですぐに機転を利かせて、絶対に互いの会話の声が漏れ聞こえることのないよう、使う座敷を玄関に近い『表』の客間と、十左衛門の私室に近い『奥』の客間とに分けて、聴取の際に使う文机や筆記の道具などを用意しているに違いない。

「お待たせをいたしました。どうぞ、こちらに」

たいして間を置かずに戻ってきた路之介の案内を受けて、十左衛門と赤堀は動き出した。

　吉田兄弟のどちらをどちらが聴取するかは、あらかじめ相談して決めてある。

　さっき貞太郎と話した十左衛門が引き続き攻め入って、貞太郎の口をどうにかこじ開ける一方で、赤堀がいつもの伝で、穏やかに何気なく世間話などしながら、弟の種四郎のほうから吉田家の内情を訊き出すという策であった。

「では赤堀どの、よしなに頼む」

「心得ましてござりまする」

別の若党の案内で近場の客間へと向かっていく赤堀と種四郎を見送ると、十左衛門は貞太郎を促して奥へと廊下を歩き出した。

普段、奥の客間は、十左衛門の妹である咲江（さきえ）やその子供たちが来た時や、今は亡き愛妻・与野（よの）の弟である徒目付組頭の橘斗三郎（たちばなとさぶろう）が酒を酌み交わしたりして、そのまま泊まっていく時などに使っている。

その客間で、貞太郎に座すよう勧めていると、さっそく路之介が茶を運んできた。

「ごゆるりと……」

路之介は茶を出し終えて挨拶をすると、十左衛門の仕事の邪魔にならぬよう、すぐに身を退いていく。茶を出すにもお辞儀をするにも襖の開け閉て（あけたて）をするにも、路之介は子供ながらに所作が見事で、貞太郎は驚いたようだった。ずっと目の先で追い続けて、路之介が今閉めて出ていった襖をまだ眺めている。

そんな貞太郎に、十左衛門は横手から話しかけた。

「あの者はまだ妹尾家（うち）に来て、さほどには経たぬのだが、何でも懸命によう覚えて、しっかり務めてくれている。元は旗本の嫡男であったのだが、父親の不徳が高じて、家が潰れたのだ」

「家が……？」

「さよう。ああして立派に嫡男がおるというのに、莫大な持参金に目がくらみ、他家より養子を取らんとしたのだ。せがれの路之介を病で死んだことにいたしてな」

「…………」

さすがに衝撃を受けたのであろう、貞太郎は絶句して、目を見開いている。

その貞太郎を真っ正面からじっと見つめて、十左衛門は断言した。

「武家に養子縁組が許されるのは、血縁のある親戚どうしだけのこと。赤の他人に、それも金子を受け取って『我が子を養子に売った』となれば、当然のごとく御家は断絶、当主であるそなたの父御は切腹となり、その縁座で、そなたら息子たちも島流しになるのが定石だ」

「……島流し……」

小さく繰り返したきり、貞太郎はうつむいて黙り込んでいる。その肩や、正座した膝の上に置かれた握りこぶしが、かすかだが震えているのを、十左衛門は見逃さなかった。

「今からでも遅くはない。邪（よこしま）な縁組を自ら恥じて、金子（きんす）も返し、正当な形に戻せば、御家断絶はまぬがれないまでも、他は罪一等を減ずることができるやもしれ……」

「申し上げます！」

十左衛門の言葉がまだ終わらぬうちに、バッと貞太郎が畳に平伏して言い出した。

「弟の清五郎は養子に出されたのではございません。大伝馬町（おおてんまちょう）の太物（ふともの）問屋『三益屋（みますや）』に、妾（めかけ）に売られたのでございます」

「……妾？」

不正な養子縁組とばかり考えていたから、急に「妾」と言われても、一瞬、何のことやら判らなかったが、「男児が妾に……」と頭のなかで組み直して、とたんにぞわっと、おぞましい実態が目に浮かんできた。

「なれば、まだ年端（としは）もいかぬ武家の男児が、商人の慰み者になっているということか？」

「…………」

さすがに「そう」と口に出したくないのであろう、貞太郎は一層、深々と平伏して、畳に顔をねじ込まんばかりにしている。

十左衛門もしばし二の句を継（つ）げずにいたが、細かく背を震わせている目の前の貞太郎までが、次第、哀れでたまらなくなってきた。

「種四郎には知られたくないのだな?」

「……はい。四郎はまだ十二でございますので……」

一月(ひとつき)ほど前、大伝馬町の三益屋から迎えの手代が来た時も、種四郎にだけは知られぬようにと、本郷(ほんごう)にある母親の実家まで、羊羹(ようかん)のお裾分けを届けに行かせたのだという。

「その羊羹の残りを全部持たせて、清五郎を三益屋の迎えの手代に預けました。五郎には、父がその当日に、『先々(さきざき)、勘定方のお役に就けるよう、商家にて算盤(そろばん)を習ってまいれ』と言い聞かせておりました」

清五郎は九歳だそうである。幼いながらも何か異常を感じたか、「兄上たちは、一緒に習わずともよいのですか?」と、両親や兄たちに繰り返し何度も訊ねてきたという。

見送りにいた兄たちは、十八歳の長兄・貞太郎と、次男で十六歳の惣二郎(そうじろう)、三男で十五歳の小三郎(こさぶろう)の三人である。

「あまりにしつこく何度も訊いてくるものでございますから、三郎が泣き出しまして、次郎も私も母上も、やはり我慢が……」

貞太郎はそこまで言って、とうとう声を詰まらせた。目の前の貞太郎は、もはや平伏しているというよりは、畳に突っ伏して泣いている様相である。

目付の屋敷にいることなど、もうどうでもいいのであろう、幾度も大きく鼻を啜り上げて、なお涙声で小さく続けた。

「私が代わって済むものでございましたら、もうとうに代わっております。ですがこの私では、誰も買ってはくれません。母に似て色白で小綺麗な顔をしておりますのは、一等末の五郎だけでございまして……」

畳の上に突っ伏したまま、貞太郎は身悶えして泣いている。

「………」

何とも言えず、十左衛門はただ膝でいざって前に出て、泣きじゃくる貞太郎の背中をさすってやった。

目付としては情けない話ではあるのだが、今はこの十八歳の長兄に、これ以上の聴取を続ける気にはなれない。

表座敷で赤堀と話しているであろう種四郎に、目付として何と言ってやればいいものか、貞太郎の背中をさすりながら、十左衛門は難題に唇を噛むのだった。

四

清五郎が三益屋に売られた事実を伝えると、赤堀も愕然としたようだった。

「妾奉公、でございますか……」

「うむ」

今、十左衛門は赤堀と二人きり、さっき貞太郎と使っていた奥の座敷で話している。とりあえずの聴取は済ましたゆえ、あの兄弟二人には徒目付の本間柊次郎をつけてやり、御徒町へと帰したところである。

「いやしかし、九つの、それも男児が妾に買われてまいりますとは……」

「さよう。三益屋の誰が相手か、親がいくらで売ったのか、そこまではさすがに長兄の貞太郎も知らされてはおらぬようなのだが、何ぞそちらで家の内情など、知れる話は出なかったか？」

十左衛門が訊ねると、「いやそれが……」と赤堀はちょっと辛そうな顔をして、目を落とした。

「何と申しますか、こう、ちと胸が痛うなってまいりますような暮らしぶりでございまして……」

種四郎は実に素直な好ましい少年で、赤堀(こちら)が問えば誠心誠意、一生懸命に考えて何でも答えてくれたという。

家禄二十俵二人扶持の吉田家は、代々、今の御徒町の屋敷に住んでいるというのだが、現当主である父親の増之助(ますのすけ)は四十二歳の今までただの一度もお役に就いたことはないという。

「それでもどうにか役に就こうと、今も本郷にいる妻女の兄を頼って動いてはおるようなのですが、やはりいっこう芽は出ぬようでございまして……」

「さもあろうな。これまでに何ぞ勤めて実績でもあればよかろうが、まるで無役でいた上に四十二という歳まわりでは難しかろうて」

それに何より、猟官運動をするには金がかかる。

目付としては、武家の社会のそういった風潮を肯定したくはないのだが、親類縁者に頼むにも土産(みやげ)くらいは持たねばならず、その先の、縁者が権勢のある誰かに猟官を頼む際には、これは必ず少なからぬ金子(きんす)を積んで頼むのが当たり前になっている。

二十俵二人扶持の小禄な上に、喰い扶持のかかる男子ばかりが五人もいては、猟官運動に使える金など皆無であろうと思われた。

「親子して提灯張りの内職などもいたしてはおるようなのですが、おそらくは喰う物も足りてはおらぬのでございましょう。種四郎が長兄の貞太郎のことを、しきりに『優しい』と褒めるものでございますから、どういう風に優しいものか、ちと訊ねてみましたら、飯のことでございました。貞太郎は、飯でも汁でも自分によそうのはほんの少しで、いつも種四郎ら弟たちに自分の分まで喰わせてやろうとするのだと、そう申しまして……」

「さようか」

十左衛門はうなずいて沈思し始めた。

今回の一件は、おそらく目付が取り締まらねばならないような「幕臣の不祥事」にはあたらないということであろう。

むろん幕臣ともあろう者が、金を得るため自分の息子を「商人の妾に……」と売ったのだから、醜聞には違いない。

だが吉田家の暮らしぶりを見て取れば、貧しさのあまり致し方なく売っただけで、これを不行跡として当主の増之助や吉田家に厳罰を与えるというのは、道理に合わないであろうと思われた。

小禄の幕臣のなかには、日々の暮らしに困り果て、自分の娘を泣く泣く吉原に売って金に換える者が少なくない。その行為も幕臣としては、たしかに聞こえのよいことではないのだが、家の存続のために致し方なくした行為なので、たいていの場合はそのままに、幕臣の不行跡として取り上げたりはしないのである。

「なれば目付方としては、こたびが吉田家の所業もいたし方なきものとして不問に付してよかろうが、そのことと種四郎が箱訴への対処は別ゆえな。清五郎が今、三益屋でいかな扱いを受けているものか、是非にも確かめねばならぬ」

十左衛門がそう言うと、「はい」と赤堀も顔つきを引き締めた。

「では私、さっそくにも三益屋を訪ねまして、様子のほどを見てまいりまする」

「ああいや、赤堀どの、拙者もまいろう」

「…………？」

赤堀は正直に驚いた顔を見せてきた。

たしかに、この程度の調査であれば、普通なら本間あたりのしっかりした徒目付に頼むか、目付が直々に出向くとしても配下の供を連れて単独で訊き込みに行くぐらいのものである。目付が二人で、それも筆頭である十左衛門が直々に出向くというのは、異例には違いなかった。

「いやな、三益屋というのがどういう店(たな)かは判らぬが、人間(ひと)一人、それも妾にするために武家から買うたというのだから、さぞかし尊大な商人であろう。なれば、こちらも、ちと武装をしてまいるかとな」

「さようでございますね」

勢い込んでうなずいて、赤堀は少年めいた顔をして、悪戯っぽく笑って言った。

「城の本丸から目付が二人、それもご筆頭まで直々のお出ましとなれば、金の鎧であちらが身を固めてまいりましても、太刀打ちできましょうぞ」

「うむ。では赤堀どの、まいろうか」

「はっ」

こうしてどこかに訊き込みに向かう際、十左衛門は供の者を幾らも連れずに少人数で行くことを心がけている。

こちらが「目付」というだけで相手が萎縮してしまい、満足に口も利けなくなる場合も少なくはないからで、なるだけ相手に威圧感を与えぬよう小人数で行くのだが、今回ばかりは逆に相手を威圧するため、大勢の供廻りを整えて三益屋に押しかけようと考えていた。

目付は役高が千石であるから、千石級の武家の隊として、若党の侍たちや槍持や小荷駄、草履取などの中間も含め、総勢二十二人の行列を仕立てて闊歩するのが正式な形となる。

十左衛門の隊と赤堀の隊を合わせれば、都合、四十四人の大所帯になり、なかなかに圧迫感のある訪問になろうと思われた。

十左衛門は赤堀と相談の上、急ぎ互いの家臣の用意を始めるのだった。

五

三益屋のある大伝馬町の一丁目は大通りの両側ともに、木綿ものの反物を扱う太物問屋ばかりが並んでいる。そのなかでも三益屋は通りに面した間口も広く、大店の一つであった。

黒漆喰で全面の壁を塗り立てた堂々たる構えで、店の入り口には、濃藍に白抜きで『みますや』と書かれた大暖簾がかかっている。その暖簾をくぐって、客や店の者らがにぎやかに出入りしていて、なかなかに繁盛しているようだった。

「ではご筆頭、私、先手を務めさせていただきまする」

まずは先方隊として赤堀が、自分の家臣を五、六人ほど前後につけて、三益屋の大暖簾をくぐっていった。

すでに二人で相談し立ててある戦法は、こうである。

先手でまずは赤堀が、店先にいるであろう番頭や手代を相手に「目付」と名乗り、

「上様より仰せつかった箱訴のお調べにて、ただいま外に、我ら本丸目付のご筆頭であられる妹尾十左衛門久継さまがお待ちになっておられる。急ぎ、主人に伝えて、お迎えをいたすよう……」

と先触れをし、三益屋に先制で威圧感を与えられるよう、仰々しく筆頭の十左衛門を三益屋と相対させようというものだった。

その戦法は、どうやら当たってくれたようである。

ほどなく店のなかからバラバラと幾人かの客たちが暖簾をくぐって逃げ出してきたかと思うと、今度は店前を覆うように立ち並んでいる十左衛門らの人数に仰天して、皆それぞれにこちらに頭を下げながらも大急ぎで散っていく。

そしてそれから、実際、幾らも経たないうちに、三益屋の主人とおぼしき三十半ばくらいの男が赤堀や若党らの後に続いて現れて、慌てた様子で、馬上にいる十左衛門の下へと駆け寄ってきた。

「相すみません。大変にお待たせをいたしました。私が主人の甲右衛門にございます」

その甲右衛門を馬上から見下ろして、十左衛門も名乗って言った。

「目付筆頭、妹尾十左衛門久継でござる。こたびは箱訴の詮議でまいった。よしなに頼む」

「はい。まことにむさ苦しいところではございますが、どうぞなかへとお進みをくださいませ」

そう言って深々とまたお辞儀をすると、甲右衛門は一緒についてきた店の者に何やら小声で言いつけて、急ぎ店のなかへと戻らせている。そうして自ら十左衛門や赤堀を案内して、客の来る店のほうにいっさい声が漏れ聞こえることのないような奥まった座敷まで連れてきた。

目付二人に上座を勧め、自分は下座で平伏すると、甲右衛門はその形のまま訊ねてきた。

「目安箱への訴えのお調べとうかがいましたが、何ぞこの三益屋へ苦情の筋でもございましたのでしょうか？」

「いや。商売（あきない）に関わるような訴えではない。我らが今日まいったのは、他でもない吉田清五郎のことだ」

「…………」

甲右衛門はしばし平伏したまま黙っていたが、つとこちらに顔を上げて、悪びれもせず訊ねてきた。

「清五郎と申しますのは、うちの奥勤めの子供のことでございましょうか？」

甲右衛門の言う「子供」というのは、奉公人のなかでもまだ幼年で雑用くらいしかできない、いわゆる丁稚のことである。こうした江戸の大店では、丁稚のことを見た目のままに「子供」と呼ぶところも多かった。

「さよう。譜代直参・吉田増之助が五男、清五郎のことである。先般、清五郎はこの三益屋に、妾として売られてまいったという話だが……」

「妾？」

鸚鵡返しに繰り返して、甲右衛門は目を丸くした。

「妾、でございますか？　あの清五郎が？」

「さよう。清五郎のすぐ上の兄で十二の者より、『弟が売られたようだが、探して欲しい』との訴えがあってな。その箱訴の詮議により、こうして訪ねている」

十左衛門の言葉に、前で甲右衛門ははっきりと首を傾げて見せてきた。

「その兄の訴えの筋というのが、どうにも一つ判らないのでございますが……」

「ん？　何が判らぬのだ？　遠慮は要らぬ、申してみよ」

十左衛門が勧めると、甲右衛門は「はい」と小さく頭を下げて、言い出した。

「『売られた』と申しますのが『奉公』のことでございますなら、その先は三益屋と判っておりましょう。何ゆえその兄とやらは、恐れ多くも御箱のほうに『探してくれ』などと申し立てたのでございましょうか？」

「おう、そこよ、そこ」

大らかに、わざと明るく相槌を打つと、十左衛門は説明をし始めた。

「清五郎には、上に四人の兄がおる。十八の長兄を頭に、十六の次男、十五の三男と続いておるそうなのだが、その下にまだ十二の四男がおってな。両親も、この十二のせがれにだけは『妾奉公に売った』と言えず、『清五郎は神隠しに遭ったのだから、あきらめろ』というばかりで、それゆえ種四郎と申すその四男が、思い余って箱訴いたしたという訳だ。……のう、赤堀どの？」

「さようで」

十左衛門に話を振られて赤堀は、かねてよりの戦略通り、「ご筆頭」に調子を合わせて話し出した。

「一月も家に帰らぬ弟を案じて、種四郎は、だいぶしつこく兄たちにも『一緒に清五郎を探して欲しい』とねだったそうにございます。そのしつこさに耐えきれなかったのでございましょう。次、三男の二人が種四郎に、『父上に売られてしまったに違いないから、探しても無駄だ』と、教えてしまいましたそうで」

　赤堀に合わせて、十左衛門もうなずいて言った。

「いくら兄とは申しても所詮が十五、六の子供では、『弟がどこぞで大人の妾にされている』などと聞かされていれば、自分自身たまらぬ心持ちであろうからな。種四郎にしつこく言われて嫌になり、『探しても無駄だ』と、つい口に出たのであろうよ」

「はい。おそらくは、さように……」

　しんみりと赤堀はうなずいて、黙り込んで見せている。

　すると、ようやく間が空いた十左衛門と赤堀の会話に割り込んで、甲右衛門が横から口を出してきた。

「あの御目付さま、ちとよろしゅうございましょうか」

「何だな？　遠慮は要らぬ。申してみよ」

「はい」

　甲右衛門は目を上げて、十左衛門ら二人に立ち向かうように言ってきた。

「どうも何やら妙な具合に伝わっておりますようでございますが、清五郎は妾奉公などではございません。誓って、ただの奉公でございます」

「なに？　では、妾ではないと申すか？」

十左衛門が鋭い声で訊き返すと、

「はい。断じて妾などではございませんので」

と、甲右衛門も一段と声を強くした。

「三益屋は本家が近江にございまして、私どもは江戸店に当たりますのですが、本家の意向で、商売の修業の邪魔になる女の奉公人は、いっさい使わぬようにいたしておりまして……」

自分は本家の三男であるのだが、自分自身、本家の意向にしたがって妻と娘を近江に残し、単身で江戸に出てきているのだと、甲右衛門は女人禁制を強調した。

「したがいまして、他家さまであれば女中にさせるような奥の仕事も男がいたしておりまして、清五郎もそちらで使ってはおりますが、ごく普通の雑用の下働きでございまして」

「おう、さようであったか」

十左衛門はいかにも納得したというように、明るい顔でうなずいて見せた。

だが今、甲右衛門が「本家の意向」と、ことさらに主張してきたような、「女人の奉公人がいない」という話は、取り立てて珍しくないことである。

江戸市中にある大店のなかでも、ことに本店が伊勢や近江にあるような商家では、奉公人はすべて本店が上方で採用して、江戸店にもそこから人を派遣してくる。

　つまりそうした者たちは皆、上方からはるばる江戸まで自分の足で歩いてこなければいけない訳で、「女が修業の邪魔になる」かどうかは別としても、えてして大きな商家の江戸店は男ばかりになってしまうことが多いのだ。

三益屋も例外ではないことぐらい、端から承知の上である。

　そうしておそらく清五郎も三益屋で奥の勤めに使われているのであろうことも想定のうちで、だが、その奥勤めに妾の要素が色濃く含まれているのではないかと、十左衛門と赤堀はそう予測してきたのである。

　その意味ありの奥勤めの実態がどの程度のものなのか、幼い清五郎がどんな扱いを受けているのか、案じられて仕方がないのはそこである。

　このままどうにか甲右衛門を話に乗せて、奥にいるのであろう清五郎に会わせてもらい、できれば清五郎と話もして、ひどい扱いをされていないか、飯はきちんと足りるだけ食べさせてもらえているか、心を病んでやつれてなどいないか等、自分ら二人でどうしても直に見て確かめたいと考えていた。

　ここからが正念場である。

十左衛門は何ほどもない顔をして、つるりと言いたいことを口に出した。

「なれば清五郎の勤めぶりを確かめたい。上様より仰せつかった箱訴の詮議ゆえ、訴人の吉田種四郎が『この様子なれば、弟は大丈夫』と納得するところまで、目付方としてはしっかり見届けねばならぬゆえな」

そう言って甲右衛門に笑顔を見せると、十左衛門は、横に座っている赤堀を促して一緒に立ち上がった。

「いやしかし三益屋どの、清五郎が『ただの奥勤め』と今聞いて、正直、ほっといたしたぞ」

言いながら十左衛門は、すでに奥へと繋がりそうな廊下を見つけて、赤堀とともにそちらに足を向けている。

「あっ！　あの、御目付さま……！」

慌てて立ち上がって駆け寄ってきた甲右衛門を押し止めるように、十左衛門は手の平を上げて見せた。

「案内(あない)は無用。清五郎がこちらを『目付』と知って構える前に、いかに奉公しておるものか見たいゆえ、このまま不意打ちで通させてもらおう」

「いや、ですが……！」

止めに入ろうとする甲右衛門や番頭たちを押し退けて、十左衛門と赤堀は奥へ奥へと進んでいった。ほどなく廊下は縁側のような様相になって右手がひらけ、いかにも金をかけたという風の趣向を凝らした小ぶりの庭が現れた。

その庭の前を行き過ぎて、離れというには大きめの建物に足を踏み入れようとした時である。ハタハタ、ハタハタと微(かす)かな足音が奥から幾つも重なって聞こえてきて、奥勤めの奉公人と見える者たちが四、五人、出迎えに集まってきた。

「…………！」

奥に戻ってきたのが、主人の甲右衛門だけではないと気づいたらしい。皆、慌てて廊下の隅に控えて道をあけ、床板に手をついて頭を下げている。

見たところ、一番年長と思える一人が十五、六歳というあたり。他は種四郎と同じくらいの十二、三と見える少年が三人ほどおり、懸案の清五郎であろうと思われる男児も、年長者の皆に習って一生懸命に平伏している。

その五人の少年の、平伏して丸見えになっているうなじのあたりに、妙な雰囲気を感じて、十左衛門は二度見した。

（やはりか……！）

一見すると、皆ごく普通の藍染(あいぞめ)の縞(しま)の着物を身に着(つ)けているのだが、その着物の下、襟首に沿って一筋に見えているのは、まるで遊女が着けるような緋の色の半襟である。

おそらくは、皆、着物の下に女物の襦袢を着せられているに違いなかった。

「………」

見れば、赤堀も気づいたのであろう。清五郎らしき少年のうなじを、にらむように見つめている。悔しげに小さく嚙んでいる唇が、次第にぶるぶると震えてきて、「あっ」と十左衛門が気づいて止める暇もなく、赤堀はすぐ後ろをついてきていた甲右衛門の胸倉につかみかかった。

「この子らに、一体、何をさせている！」

「…………」

胸倉を鷲づかみにされたまま、スッと赤堀から目をそらした甲右衛門の横顔はしたたかで、悪びれる様子は毛ほどにも感じられない。

その甲右衛門の卑劣な顔に煽られたのであろう。

「貴様ァァ！」

と、赤堀は甲右衛門に向かって、バッと右腕を振り上げた。

「赤堀どの！」

間一髪、赤堀の腕を空中で押さえて、十左衛門は、キッと甲右衛門を振り返った。

「『金の縛りがあるから』と高を括っておるのであろうが、目付には目付のやりようがある。奥の勤めを『ただの奉公』と申したは、おぬしぞ。この子らがただの奉公人であるのか否か、今日よりここに手下を配って目を付けさせてもらうゆえ、さよう心得よ」

「…………」

くっと口元を歪ませたまま、甲右衛門は何も反論できずに目を落としている。

その甲右衛門から手を離すと、赤堀は、ただもう驚いて目を見開いている少年らの前にしゃがんで、常のような穏やかで優しい声を出した。

「奥勤めだからといって、読み書きや算盤の稽古を怠るでないぞ。商家はやはり、店勤めで出世した者が顔になる。奥の仕事の合間を縫って、皆で力を合わせて精進し、店に出て、手代にも番頭にもなるのだぞ」

「はい！」

力強く返事をしてきたのは、年かさの者たちである。

清五郎は、と確かめて見れば、だが皆の後ろで赤堀も見ずに、一人うつむいている。

暗く目を伏せた清五郎の小さな頬は、なるほど透き通るような肌の白さで、長兄の貞太郎が申した通り、同じ兄弟とは思えぬほどの上品さがあったが、その頬は怒りを溜めて、わずかにふくらんでいるようだった。

こうした幼な子の頬に、十左衛門は見覚えがあった。

勝手放題でどこまでも醜い大人たちへの怒りやあきらめを、静かに身体の内に溜め込んで、反撃することも逃げることもできずにいた、昔の飯田路之介の白く小さな頬である。

そう気づいたとたんに清五郎からどうにも目が離せなくなって、十左衛門はこの幼な子を救うことの難しさを改めて感じて、眉を寄せるのだった。

六

数日してのことである。

十左衛門は目付方の『下部屋（したべや）』に、赤堀と本間を呼んで話していた。

下部屋というのは、城内に長時間勤務する者たちが、それぞれに着替えだの休憩だのに使う、持ち部屋のようなものである。

当直（とうちょく）や宿直（とのい）が毎日交代でまわってくる目付たちには、下部屋が二部屋与えられていて、そのうちの片方を、今、十左衛門ら三人は今回の探査の打ち合わせに使わせてもらっていた。

　ここは目付方の専用で、間違っても他役の者が入ってくる心配がないため、目付らは皆それぞれに、便利に下部屋を使っている。他役に聞かれる心配を恐れてのことだけなら、目付部屋を使えばいいようなものなのだが、あそこでは他の目付たちも忙しく書き物をしたり、担当案件の下調べをしたりしているから、長々と探査の会議などしていては、皆の気を散らして仕事の邪魔になるからであった。

　その三人きりの下部屋で、今、十左衛門と赤堀は、本間から報告を受けている。

「なれば吉田と三益屋の間に立って儲けていたのは、口入屋であったか？」

　そう言った十左衛門に、本間は「はい」と、うなずいて見せた。

　口入屋というのは、人の雇用の仲介をして手間賃を取る、斡旋業のことである。普段は大名家や旗本家などの中間や女中集めや、失業している町人に職の斡旋をしたりしているのだが、この口入屋に、父親の吉田増之助や長男の貞太郎も通って、日雇い人足の仕事などを斡旋してもらっていたのである。

　だがそうした日雇い仕事は毎日ある訳ではなく、賃金も決して多い訳ではない。金は日々の暮らしに消えていき、以前から札差に借り受けている借金も、息子らが大きくなって食費がかさむに従って、増える一方であった。

「吉田さま。申し訳ございませんが、もうこれ以上は……」

馴染みの札差にまで借金の増額を断られたのは、二月前のことだったという。それを父親の増之助が口入屋の主人に愚痴って、割のよい仕事をまわしてもらおうとしたところ、

「それならば、末の清五郎さまを、玉の輿にお乗せになれば……」

と、三益屋への話を勧められたということだった。

ここまでは本間が貞太郎を呼び出して聞くことができたのだが、「この先は売買の額も含めて、自分には判らない」と言われて、仲介の口入屋である『野島屋』の主人を締め上げて、聞き出すことにしたのだという。

「いやしかし、これがなかなか曲者でございまして、『妾奉公も奉公のうちなのだから、口入をして何が悪い？』と、開き直っておりまして」

三益屋には清五郎の他にもすでに二人売っていて、片方は吉田家のように喰い詰めていた浪人の子供で、もう一人は長屋暮らしの職人の息子ということだった。

三益屋が野島屋に払った金子は、八十両。そのうち五十両を清五郎ら少年たちの親に渡して、三十両は野島屋が仲介の代金として抜き取っていたという。

「何という悪辣な……！」

憤慨した赤堀に、「それが……」と、本間は一膝、身を乗り出して先を続けた。

「『悪辣』と申しますなら、どうもその上がおりますようで」

「その上？」

「はい。もう幾年か前のようなのでございますが、三益屋に男児を都合いたしました者が野島屋の他にもおりまして、『その仲介には、一人百両も取られて高かった』と、三益屋が野島屋の主人に愚痴を申しましたそうで、それがどうやら『同朋（どうぼう）』なのではないかと……」

「なに？　同朋とな？」

声を上げたのは、今度は十左衛門である。同朋といえば、江戸城に勤める役人で、そんな幕臣が人身売買で金儲けをしているなど、とんでもないことである。

「して、どの同朋か、すでに名は判っておるのか？」

十左衛門が喰いつくように訊ねると、本間は首を横に振った。

「いえそれが、はっきりとは覚えておらぬそうなのですが、『城に勤める役人のくせに、誰々さまは強欲だ』と、三益屋がちらりと言ったその役人の名というのが、まるで偉い坊さんのようであったと、そう申しましたので……」

坊主のようだというのなら、それは同朋ではないかと当たりをつけて、「名の終わりに、もしかして『阿弥（あみ）』がついたか？」と本間が確かめてみたところ、野島屋の主人は「ええ、ええ、そうでした」とうなずいてきたという。

「なれば、同朋の誰ぞであるのは間違いなかろうな……」

十左衛門が独り言のようにそう言って眉を寄せると、赤堀と本間も、それぞれに黙り込んだ。

同朋は役高・百俵十人扶持で、旗本の職としては役高がそう高くはない役職ではあるが、その仕事の内容は重要なものである。

城内で行われる儀式で茶菓子や料理などが供される際には、出席している大名や朝廷からの勅使などに給仕もするし、また儀式のない時には、老中方や若年寄方の雑用を引き受けて、文書の伝達や会見の際の人の呼び出し等、忙しく城内を駆けまわっている。

つまり同朋というのは江戸城内における最高位の執事（しつじ）のようなもので、同朋方は今三名いる『同朋頭（どうぼうがしら）』を長官に、平（ひら）の『同朋』が八名おり、その同朋方の配下として『表坊主（おもてぼうず）』や『奥坊主（おくぼうず）』を含めた城中の掃除や雑用をこなす坊主たちが、総勢で三百八十人近くもいた。

そうしてこの同朋や坊主たちは皆、まるで寺の僧侶のように、頭を丸めているのである。城中で何か雑用など誰かに頼みたい時に、「あの坊主に頼んでみるか」とすぐに誰でも見分けがつくゆえ、とても便利であったのだ。

　おまけに同朋頭や同朋らに限っては、名前まで寺の僧侶風になる。たとえば「山根専阿弥」といったように、苗字のあとの名前を「阿弥」付きにしなければならず、したがって三益屋に出入りしていた男児売買の仲介人は、同朋方のなかの誰かで間違いなかろうと思われた。

「これはご筆頭、面倒でございますね……」

　重い沈黙を破って、赤堀が言ってくる。

「うむ……」

　返事をして、十左衛門はまた沈思に戻った。

　同朋方の役目に就く者たちは基本的に世襲で、他役からの転出が皆無なため、同朋たちがそれぞれどんな性格で、どんな人間関係を築いているのか、なかなかに窺い知ることができない。

　おまけに日ごろ同朋たちは、老中や若年寄の執務室である一般の者は立ち入り禁止の『御用部屋』に詰めて、雑用を請け負っているため、他役の者はもちろん目付といえども、実際に同朋たちと会話を交わすことなど、めったにはないのである。

むろん本間ら徒目付たちを動員して、同朋方の役人十一名全員に見張りをつけて、彼らの動向を探らせるという手もあるにはあるが、とてものこと、それで男児売買の証拠をつかめるとは思えなかった。

「急ぎ人数を集めまして、同朋をそれぞれに見張らせますか？」

こちらの心を読んでいたかのように本間が声をかけてきたが、十左衛門は「いや」と、首を横に振って見せた。

「同朋頭の一人に、知己（ちき）がある。あの者なれば、万が一にも間違いはなかろうゆえ、まずは小堀（こぼり）にそれらしき人物はおらぬか、訊ねてみようかと思う」

「小堀と申しますと、『心づけは、誰からもいっさい受け取らぬ』と評判の、あの小堀笑阿弥（えあみ）でございますか？」

「さよう。いやな、たしか昨年であったか、ご老中よりの書付（かきつけ）を届けに駿河台の屋敷まで訪ねてきたことがあってな。その際に、ちと長々と話をしたことがあったのだ」

三名いる同朋頭のなかでも古参といえる小堀笑阿弥は、歳も十左衛門と幾つも変わらぬ四十二歳である。

一年前、老中の使いで妹尾家を訪ねて書付を渡し終えた時、小堀笑阿弥は、当時はほぼ初対面で話したこともなかった目付筆頭の十左衛門に、まるで昔からの友人のように屈託のない穏やかで気の置けない調子で、いきなり話しかけてきた。

「いや実は私（わたくし）が屋敷（ところ）もこちらと同様、女っ気のいっさいございませぬ男所帯でございまして……」

　と、自分も十左衛門と同様、子のないままに愛妻を亡くしている事実を語ってきて、似た境遇どうし、初対面であることも忘れて話し込んだのであった。

「その折に、小堀がしみじみと申してなあ……」

　妻がまだ生きていた頃には、「美味（うま）いものも食べさせてやりたい。よい着物も着せてやりたい」と思って少しは金も欲しかったし、「妻に誇りに思ってもらえるような男になりたい」と人並みに出世もしたかったが、今はもう妻もなく、正直、家の存続のために養子を取るのも気が進まないほどだから、金も名誉もどうでもよくなってしまったと、小堀はそう言いながら、目頭（めがしら）に浮かぶ涙をしきりにぬぐっていたのだった。

「心づけを取らぬというのは、そういう次第もございましたか……」

　しんみりと言ってきた赤堀も、「ご筆頭」の十左衛門が、小堀笑阿弥にも負けぬほど愛妻家であったことを知っている。

　何も言えず、また静かになってしまった赤堀と本間を見て取って、十左衛門は気持ちのまま正直に、二人に訊ねた。

「どうであろう？　小堀にちと事を分けて話をし、清五郎のごとき哀れな子供がこれ以上に増えぬよう、同役の者の心当たりを訊ねてみようかと思うのだが……」

「はい」

と、答えて赤堀は、本間と目を合わせてうなずき合った。

「何せ相手が同朋でございますゆえ、同役の小堀笑阿弥に手を貸してもらうのが得策かと存じます。どうぞよしなにお願いをいたしまする」

二人揃って頭を下げてきてくれた赤堀と本間に、十左衛門は改めて嬉しさと有難さを感じるのだった。

七

「なれば、やはり、竹本是阿弥（たけもとぜあみ）やもしれませぬ……」

小堀笑阿弥と二人きり、妹尾家の奥座敷でじっくりと話ができたのは、翌日の夜のことである。

十左衛門は、あの後すぐに小堀に向けて、文を書いた。突然に無理な頼み事をする無礼をまず先に述べた上で、『我らが目付方の役目の上で、ぜひにも貴殿のお力を拝借したきことがあり……』と、いつでも構わないから、そちらの都合がつく晩に、ご足労だが駿河台の屋敷まで訪ねてきてもらいたいと、書き綴ったのである。

　その文を、目付部屋の専属である十四歳の表坊主に託し、他の誰にも知られぬよう小堀笑阿弥に直に手渡して欲しいと頼んだ訳だが、その表坊主の子供はさっそくに、『それでは明晩、お伺いをいたします』と小堀からの返事をもらって帰ってきた。

　そうして今、目安箱の話から始めて、ようやく野島屋の登場する最後まで話し終えたところであった。

「『竹本是阿弥』と申すと……、小堀どのとご同役の頭格ではなく、平のご同朋でござるな？」

　考えて十左衛門が訊ねると、小堀笑阿弥はうなずいた。

「竹本は、たしか三十路になったばかりかと存じます。なかなかに良い縁組がまとまらず、いまだ独り身でございますのですが、何と申しましょうか、ちとこう、人好きのいたしませぬような、情のないところがございまして……」

　上役として、何とか縁組をまとめてやろうと、小堀もいろいろに手を尽くしているのだが、竹本の何を考えているのか判らない一種気味の悪いようなところが、どうしても、どの相手方にも好まれないらしく、いっこうに話がまとまらない。

ではそうして次々と断られて、当人が辛そうにしているかといえば、これもいっこう辛そうにも見えなくて、常に変わらず淡々と過ごしている。

「ただ一度、ちと怖ろしい心持ちがするほどに、竹本が苛だっていたことがございました」

二年近くは前のことだが、ある日、竹本が自分から、「明日の自分の勤めを、非番の誰かに代わってもらいたい」と、上役の小堀に頼んできたことがあった。

当然のことだが、小堀がその理由を訊ねると、竹本は不機嫌な顔で目をそらして、かすかに舌打ちをしたようである。さすがに小堀もその態度に腹が立ち、命じるように再び理由を訊ねたところ、「知り合いの家の子供が、どこに逃げたか、行き方知れずになって困っているから、探すのを手伝ってやらねばならない」と、竹本は答えたという。

「あの時は、『どんな知己かは判らぬが、甥や姪でもなさそうなのに、なぜ竹本がお役目を休んでまで探してやらねばならぬのか?』と、妙に感じただけだったのでございますが、今思えば、あの『逃げた子供』と申すは、自分の売った子供だったのでございましょう」

「さよう。なればその竹本で、間違いなかろうと存ずる」

十左衛門はうなずくと、やおら小堀の前で、畳に手をついて頭を下げた。

「やや！　おやめくださいませ、妹尾さま。どうか、お顔を……！」

慌ててこちらに近寄って止めようとしてくる小堀に、十左衛門は更にまた深く頭を下げた。

「いや、小堀どの。お仲間を売らねばならぬようなお頼みをして、まことにもって、かたじけない限りでござる。この上は、もし貴殿のお立場がお仲間うちで悪くなられるようなれば、何としても貴殿の御名を出さずに済むよう、我ら目付方にて証を……」

「いえ」

と、十左衛門の言葉を押し止めて、小堀はきっぱりとこう言った。

「竹本には、私ども同朋頭三名より、引導を渡しまする」

ただ万が一にも竹本でなかったら困るので、小堀が自邸に竹本を呼んで事実を聞き出す際に、一足先に三益屋の甲右衛門も呼んでおき、陰からそっと竹本の面体を確かめさせる。

それでなお「そうです。あのお方が仲立ちの竹本是阿弥さまでございます」と証が取れたら、すぐにも同朋方より十左衛門ら目付方のところまで引き立ててくるというのであった。

「小堀どの……。かたじけない」

「ああいや！　妹尾さま、どうかもうお顔を……！」

長々と話をするのはまだ二回目の二人は、その晩遅く、初めて酒を酌み交わしたのだった。

八

同朋の竹本是阿弥に、御家断絶、切腹の沙汰が下ったのは、半月後のことだった。

竹本は七、八年前からずっと、貧しい暮らしをしている武家に目をつけては、見目の良い子供を探して、金持ちの慰み者に売ったり、男色専門の陰間茶屋に売ったりする仲立ちを続けていたのである。

近年、竹本はその対象を、男児ばかりではなく女児にも広げていて、大身（たいしん）の武家や大店の商人に売ったり、あろうことか岡場所にまで売ったりして、その法外な仲立ち料で金儲けをしていたのである。

その金で、竹本は思う存分、吉原で「お大尽（だいじん）」扱いをされて、愉しんでいたそうである。

「いやしかし、竹本がほうは相すみましたが、あの吉田の種四郎に、清五郎がことを何と伝えればよいものか……」

そう言って、沈鬱にため息をついたのは、赤堀小太郎である。

今もまた十左衛門と赤堀は、他人の耳を気にせずともよい目付方の下部屋に来て、話をしていた。

あの時、三益屋に乗り込んで啖呵（たんか）を切ってきた通り、十左衛門は配下の者を交代で三益屋の奥の離れに派遣して、主人の甲右衛門が奥勤めの少年たちに悪さをせぬよう、ずっと見張らせていたのだが、日が経つうちに甲右衛門は根負けしたか、だんだんおとなしくなってきた。

そうして番頭や手代たちに命じて、奥勤めの少年たちに算盤を教えさせたり、店の『いろは』を少しずつ教えさせたりするようになり、とうとう夜も少年たちを、他の奉公人たちと一緒に店のほうで寝かせるようになったのである。

そうした経緯があったゆえ、十左衛門ら目付方のほうでも甲右衛門に協力を頼み、同朋の竹本の面通しに一役買ってもらったのである。

この主人の改心に喜んで、奥勤めの少年たちは生き生きと毎日を過ごすようになっていったが、一人、肝心の清五郎だけは明るい顔には戻らなかった。

気味の悪い、嫌な毎日でなくなった分だけ、辛い顔はしなくなったが、さりとて笑顔が出る訳ではない。おそらくは過酷な毎日から急に解放された安堵感と、自分を騙して売り払った親や兄たちへの怒りや絶望感が綯い交ぜになって、心の持ちようが判らなくなっているのだろうと思われた。

こんな清五郎の様子を、まだ十二歳の種四郎にどう伝えればよいものか、その箱訴の問題が解決を見ない限り、この案件はまだ終了したとは言えないのである。

種四郎と二人きり、長く話をして事情を聞き出し、三益屋では清五郎ら少年たちのために激高し、目付らしくもなく甲右衛門につかみかかった赤堀は、まだ若く優しい分だけ、吉田家の兄弟たちをどうしてやればいいものか、途方に暮れているようだった。

そんな赤堀を見て取って、十左衛門は、ずっと考え続けていた案を決意した。

「赤堀どの」

「はい」

「実はちと思うところがあるのだが、三益屋から清五郎を半日ほど借り受けて、うちが屋敷に連れてくることはできそうか？」

「ええまあ、今は甲右衛門もすっかり毒気が抜けましたゆえ、半日ぐらい『否や』は申さぬことと存じますが、連れてまいっていかがなさいますので？」

素直に訊いてきた赤堀に、十左衛門は「いやな……」と、こちらも素直に自信のなさを顔に出した。

「うちの路之介に、ちと会わせてみようと思うのだ」

「えっ、路之介どのにでございますか？」

目を丸くしてきた赤堀に、十左衛門はうなずいて見せた。

「親にいいように振りまわされた者どうし、互いに傷を舐め合う風になるのは否めぬが、親を許せず、さりとて憎みきることもできずに、ああして殼に長々引きこもっておるよりは、互いに同様の相手を知って、何ぞ少しは見えてくるものもあるやもしれぬと思うてな」

「……さようでございますね」

神妙に赤堀もうなずいて、「なれば、さっそく」と三益屋から清五郎を借り受ける算段をすべく、下部屋を出ていくのだった。

九

赤堀の尽力で三益屋から清五郎を借り受け、駿河台の屋敷にて路之介と対面させることができたのは、数日後の昼下がりであった。

若党の路之介には、すでに前の晩のうちに十左衛門がこれまでの経緯を説明し、まだ九つの清五郎を自分や赤堀が救いかねて困っていること、おそらく清五郎の本当の気持ちを汲み取ってやれるのは、自分たち目付でも、兄弟の種四郎でもなく、路之介ただ一人であろうと考えていることを、包み隠さず、すべて話して聞かせたのである。

夕食の後すぐに話し始めて夜半まで、だいぶ時がかかったが、路之介は折々に「それでは種四郎どのは何も……？」とか、「清五郎どのは、今どうしておられるのですか？」などと、向こうからも合いの手のように、問いかけてきてくれた。

その常と変わらぬ若党らしい路之介の様子が、頼もしく明るく颯爽（さっそう）として見えて、昨夜、十左衛門は嬉しくて、すぐには寝付けなかったほどである。

そうして今、十左衛門の私室である奥の座敷で路之介は、清五郎と二人きり、十左衛門らも人払いして向き合っていたが、実は清五郎に知られぬよう、もう一つ、こっそり細工が仕掛けてあった。

路之介と清五郎が相対している座敷の隣に、十左衛門と赤堀の二人の目付だけではなく、吉田種四郎も呼んで一緒に傍聴していたのである。

清五郎が到着するより先に呼んであった種四郎には、赤堀がこれまでのところを、一足先に教えてある。あまりにひどい事実にただ愕然として、種四郎は言葉を失ったように黙り込んでいたが、その種四郎を前にして、赤堀はこう言ったのだった。

「聞いてそなたも辛かろうが、今は何より清五郎どのを救う手立てを考えねばならぬ。路之介どのにお任せし、相対で話していただくつもりだが、その二人が話すのを、我ら目付とともに、そなたも傍聴するがよろしかろうと思うが、どうだ？」

「はい……」

種四郎とともに、今、十左衛門らは皆でそっと息を殺して、襖の向こうに耳を傾けている。

「えっ！　では亡くなった姉上さまの代わりを……？」

驚いて、途中で声を飲んだのは、清五郎のほうである。

その二つ年下の清五郎を相手に、十一歳の路之介は、すでに世に出て働いている若党らしく、余裕を持ってうなずいて見せていた。

「はい。父はそうして悪事をいたしましたので、切腹となりました。飯田の家も取り潰しとなりましたが、姉はもうおりませんし、大したことではございません」

「……………」

清五郎は一瞬、何か言いたげに口を開きかけたが、すぐに止めてうつむいている。

そんな清五郎を見て取って、路之介は優しく笑った。

「大丈夫でございますよ。私はすでに仕官もできておりますし、こちらではこうして八も弟になってくれました。もう何も、嫌なことなどございませんから」

そう言って路之介が撫でているのは、十左衛門の飼い猫の『八』である。

子猫の頃に妹尾家の庭に迷い込んで鳴いていたところを、十左衛門の亡き妻に拾われて、以来、夫婦の子供のように可愛がられてきた。

だがその八も、路之介が若党に入って世話をするようになってからというもの、留守がちな飼い主の十左衛門より路之介のほうを追いかけて、傍にいたいようである。

今も隣の座敷には十左衛門もいるというのに、八は路之介の膝の上で丸くなっていた。

「……あの、お母上さまは？」

「ああ」

おずおずと訊いてきた清五郎に、路之介は「大丈夫」という風にまた笑って見せた。

「母ならば、まだ私が五つの時に父上に離縁され、すでに他家へと嫁いでしまっているのです。母は『飯田』ではございませんので、今はもう私には、親も姉弟もありません」

「…………！」

と、清五郎は、なぜか急にバッと顔を上げてきた。

「ん？　どうかなさいましたか？」

「…………」

清五郎は何も答えず、しばらく宙をにらんでいたが、「ふっ」と小さく自分を鼓舞するように息を吐くと、路之介を真っ直ぐに見つめて言いきった。

「私にも、親や兄弟はございません。路之介さまと同じでございます」

「でも清五郎さんには、ちゃんと……」

「いえ。私も、もう独りです。一緒でございます」

「…………」

清五郎に圧されて、さすがに何と答えればよいのか判らず、路之介が黙り込んだ時だった。

「五郎っ！」

十左衛門らが止める間もなく襖を開けて、次の間から種四郎が飛び込んできた。

「……兄……」

言いかけておいて、やはり途中でやめてしまった弟の前まで駆け寄ると、種四郎は、

「すまなかった！」

と、ガバッと畳に土下座した。

「今さっき御目付さまから、全部、話はうかがった。おまえがこんなに辛い目にあっていたというのに、もっと早く目安箱のことを思いつけずに、本当にすまなかった。でも五郎、武家の子をやめて奉公に出るのは、もうおまえだけじゃない。私もどこか商人の家を探して奉公するゆえ、おまえと一緒だ」

「………」

驚いて物も言えずにいる清五郎に力強く笑って見せると、種四郎は、やおら十左衛門や赤堀のほうに向き直って、頭を下げた。

「私に、どうか奉公の先を見つけてくださいませ。私も何だっていたします。五郎とは違いますから、私ではたいした額にはならないかもしれませんが、少しぐらいは役

に立って、大兄上（おおあにうえ）が遠慮せず、たまにはちゃんとお召し上がりになれるやもしれません。どうかどこでも結構でございますから、私を奉公させてくださいませ」

「種四郎どの……」

赤堀が困って、種四郎に顔を上げさせようとした時である。

「兄上！」

一声叫んだかと思うと、清五郎が兄の種四郎に駆け寄って、抱きついた。

「五郎……。本当にすまなかったな」

「…………」

言葉には出さずとも、清五郎は「もういいのだ」というように、首を激しく何度も横に振っている。

「相判った。種四郎どのの奉公先は、必ず私が見つけよう。なれば、そなたたち兄弟二人、これよりはどちらが先に大商人（おおあきんど）になるか、切磋琢磨（せっさたくま）して競い合え」

「はい！」

兄弟らしく息を合わせて返事をして、清五郎は兄とともに笑っている。

そんな兄弟たちを遠く眺めて、役目を終えた路之介は、寂しそうに口を真一文字に引き締めていた。

おそらくは、今は亡き姉を思い出しているのであろう。寝ていた八を、ことさらにぎゅうっと抱き締め直している路之介の姿に、十左衛門はまた胸を痛めるのだった。

　吉田種四郎の箱訴について、十左衛門が赤堀とともにまとめた報告の書付を老中方に届けたのは、それから数日後のことであった。

「御徒町の吉田種四郎が父親、吉田増之助におきましては、違法の養子縁組等は此れなく、安堵いたしました。訴人・種四郎におきましても、行き方知れずであった弟・清五郎と、無事、相見える(まみえる)ことができまして……」

　もとより上様や老中方が一番に気にしていたのは、違法養子の問題である。十左衛門の的(まと)を射た報告に、老中方の面々は、一様に満足しているようだった。

　そういえば、今日、五月十一日は、月に三度の目安箱の回収日である。

　今まさに中奥(なかおく)の『御休息之間』では、上様が今日の訴状にお目を通されているのかもしれないと、十左衛門が中奥(そちら)に思いを馳せたのは一瞬のことである。

　老中方の御前から下がって、目付部屋へと廊下を進み始めた頃には、十左衛門の意識はすでにもう、次の仕事へと向いているのだった。

第二話　落とし紙

一

　本丸御殿のなかには、優に百を超える数の厠（かわや）がある。

　日々出勤してくる役人たちも厠は使うし、御殿内の大広間で式典が行われる際には、二百数十家もの大名たちまでが集まってくる。そのため、ことに大広間の近くには、大用小用合わせて八つも個室の並んだ大厠が設備されていた。

　その大厠の掃除をしようと、水の入った手桶と、雑巾（ぞうきん）や箒（ほうき）を持って大厠の前に来たのは、御殿の清掃役である『表六尺（おもてろくしやく）』の一人、村井富蔵（むらいとみぞう）という男である。

　掃除は基本、日勤の役人たちが仕事を終えて帰った後の、人の少なくなった頃合いを見計らって始めることになっている。

今日などは、ことに『月次御礼（つきなみおれい）』といって、参勤交代で江戸にいる大名や旗本たちが本丸御殿に参上して、上様に拝謁する行事があった。

月次というのは毎月の恒例化した行事に使われる言葉であり、この『月次御礼』も毎月三回、一日と十五日と二十八日に、大名や旗本が幕府への忠誠心に何らの変わりもないことを体現するために、江戸城に集まってくるのである。

今日も日中、御殿のなかは大名や旗本でいっぱいになっていたから、必定（ひつじょう）、この大厠も、さんざんに使用されたに違いない。きっとさぞかし汚れているのだろうと、いささか憂鬱になりながらも、表六尺の村井富蔵が、まずは右端から掃除を始めようと大用便所の木戸を開けた時であった。

「……ああ」

富蔵の口から出たのは、落胆のため息である。それというのも、板敷きの床にあいた排便用の四角い穴のすぐ脇に、何やら『紙』が落ちているのだ。

おそらくは使った後、穴に入れそこなった便所の落とし紙であろう。紙（あれ）を手で拾って処理しなければならないと思うと、お役目ながら、とても嫌な気分になった。

「…………」

富蔵は今年で五十六歳。だいぶ目も弱くなってきて、ことにこうした夕方になりかけの時刻はよく見えない。おまけに厠のなかは暗いため、紙は黒々と空(あ)いた穴の横でぼんやりと白っぽく見えるだけだった。

　仕方なく、覚悟を決めて富蔵は、紙の近くまで進んでいった。手ではなく足で払って落とそうと思ったが、本丸御殿のなかであるから、こちらは素足(すあし)である。紙のどこを蹴れば汚くないかを確かめようと、屈(かが)んで顔を近づけて、富蔵は初めて紙(それ)が便所の落とし紙でないことに気がついた。

　文(ふみ)である。拾ってみると、さして長いものではなさそうだったが、すでに開封されて読まれた後のものらしく、折り目が開きかけている。

　何という気もなく、富蔵は持ったついでについ開いて目を通し、文の内容に驚いて声を上げそうになった。

　とんでもない中身である。うっかり読んでしまったことを、この文の書き手に知られたら、自分の身がどうなるか判らないような代物(しろもの)であった。

　厠の木戸をそっと開けて、外の廊下に人影がないかどうかを確かめてみたが、どうやら幸いにも、あたりには誰もいないようである。

（……今だ！）

　富蔵はサッと厠から飛び出すと、誰にも見られぬよう文を懐(ふところ)に隠し、床に置きっ放しにしていた手桶や箒、雑巾を拾い上げて、急いで大厠を後にした。

　大厠の掃除は持ちまわりで、今日の担当は自分だが、幸いにしてまだ掃除に手をつけていないから、まだ大厠(ここ)には来ていないことにできそうである。とはいえ、いざ何とか無事に大厠から逃げてくることに成功すると、次には文の処分に困った。

　さっきはつい、文を持っている姿を人に見られたくない一心で懐に隠して持ってきてしまったが、今になって考えてみれば、あのままあの厠の穴に落としてしまえばよかったのである。

　だが今更、あの大厠に戻る勇気はなかった。あの時は幸いにして誰もいなかったが、今はもう、文の持ち主が落としたことに気がついて、あのあたりをうろうろしているかもしれないのだ。

　とはいえ、このとてつもなく物騒(ぶっそう)な代物を、自分が持っているのは嫌である。考えに考えて、富蔵は、文を上役に届けてしまうことにした。

　富蔵のような表六尺たちは、同朋方に属している。

同朋方の長官は『同朋頭(がしら)』で今は三人、その下に平(ひら)の『同朋』が八人おり、同朋たちの配下として『表坊主組頭』九人と、平の『表坊主』が二百三十人もいて、富蔵ら『表六尺』たちは、その表坊主のなかでも『座敷掛(ざしきがかり)』という、御殿内の清掃を担当する係の表坊主の下で働いているのだ。

今日の当番の座敷掛は、三十六歳の「杉内さま」である。

その杉内庄源の姿を求めて、富蔵は御殿内をあちこち小走りに探しまわった。

「庄源さま！」

富蔵が庄源の後ろ姿を見つけたのは、人気のない大広間の裏側の廊下である。

式典の際に使われる『大広間』と呼ばれる一画は、本丸御殿の南西の角にあたり、公の場にふさわしく、日当たりも風の通りもよい場所にある。

この大広間は、式典の際、集まってきた大名たちに将軍家の権威を見せつけるため、上様の御座する『上段之間』を最上級に、『中段之間』『下段之間』『二之間』『三之間』『四之間』と、それら大座敷をぐるりと囲む大廊下まで合わせると、実に五百畳近くもの広さがある。

年始の儀式などで、この五百畳に大名たちがいっせいに居並ぶ光景は圧巻であったが、今ここには富蔵と杉内庄源の他には誰もいない。

おまけに今、庄源が、清掃の状態を確認しながら歩いていたのは、上様が上段之間に上がられる時にのみ使われる、上段之間裏のごく狭い通路であった。

だが狭いとはいえ上様専用の通路であるから、当然のごとく下は畳敷きで、壁の襖も金の地に彩色の襖絵が描かれている。その狭く、目のくらむような豪勢な空間のなかで、富蔵は厠で拾ったあの文を、杉内庄源に差し出した。

「大厠の右端の便所に落ちてございました」

「ん？　文か？」

「……はい。そのようで……」

一応、肯定はしたものの、それ以上はいっさい何も言いたくなくて、富蔵は庄源と目を合わさずに済むよう、うつむいた。

すると、どうやら庄源は、今この場で文を開いて読み始めたらしい。

読まねばいいのにと思いながらも、富蔵が懸命に目を伏せていると、庄源が開いた文を再び折り戻しながら、何ということもない調子で訊ねてきた。

「富蔵。おぬし、読んだか？」

「いえ！」

慌てて否定したが、その慌てようがやはり不自然だったような気がして、とてものこと顔など上げられない。

「そうか。読まなんだか」

「はい……。今日はその、月次の御式（おしき）もございましたし、何ぞ大事な文でもございましたら大変と、とにかく急ぎ、庄源さまにお届けに……」

富蔵が一生懸命、取り繕ってそう言うと、

「さようであったか」

と、庄源はやけに大きくうなずいてきた。

「まあたしかに、月次御礼なれば、ご大身の皆さま方も厠を使うゆえなあ」

「…………！」

思わず息を飲んだ富蔵が身体を硬くしていると、次の瞬間「くっ」と、庄源は小さく嗤ったようだった。

「…………」

富蔵はもとより嘘は下手なのである。何も言えず、逃げることもできずにいると、庄源は、今度ははっきり笑い出した。そうしてまるで歓談の最中でもあるかのように、富蔵の背中をポンポンと親しげに叩いてきた。

「富蔵。なれば、ちと、使いに出てもらおうか？」

「…………」

鼻で嗤うような杉内庄源のその声に、富蔵は震え上がった。やはりあの時、見もせずに、「落とし紙」と信じて足で落としてしまえばよかったのである。

本当に小さく震えながら、富蔵は今更ながらに後悔するのだった。

二

それから半月ほど経った、五月半ばのことである。

城勤めの役人たちの間に、妙な噂が流れ始めた。

「寄合旗本、家禄五千石の香坂丹波守紀邦が、屋敷にて切腹を試みて、家臣に止められ、今は生死の境をさまよっているらしい」

というものである。

寄合旗本というのは、家禄三千石以上の無役の旗本のことで、禄をいただいているのに無役で幕府にご奉公ができない分、家禄百石に対して金二両の割合で、『寄合金』と称する上納金を納めるのが決まりであった。

噂の香坂丹波守紀邦も、昔は大番頭を長く勤めていたのだが、今は五十八歳になり、ここ十年前からはずっと寄合が続いている。

そんな、いわばもう現役ではない人物が、何を苦にして自害など図ったものか、そのあたりに関しては、誰も正確なところを知っている者はないようだった。

「病を苦にしてのことではないか？」

「いやいや。丹波守さまは昔より頑健なお方だ。それはあるまい」

「ではまさか、女出入りか？」

などと、皆、興味は尽きぬようで、そうした噂の一つが、とうとう目付方の耳にも入った。

幕臣に関わる変事ゆえ、当然、目付方の出番となる。

ことにその香坂丹波守紀邦は、すでに五十八歳と、決してもう若くはないというのに、いまだ嫡子の届け出がないままなのである。

大名ではなく旗本とはいっても、香坂家は五千石もの大身（たいしん）であるから、嫡子選びに幾人か候補があったりすると、家内で揉め事になるのは必至である。

そうした家督相続の問題で丹波守は心を痛め、あげく本当に噂の通り、切腹に走ったのかもしれず、今回、十左衛門は他の目付に頼まずに自分で担当することにした。

実はこの香坂丹波守とは古くからの知り合いなのである。丹波守は大番頭を勤めていた昔から豪放磊落（ごうほうらいらく）で人望もあり、十左衛門も丹波守が大好きであった。

とはいえ目付は役目柄、誰に対しても私心なく公平であらねばならないため、目付方の者や親族以外とは私的な交際をしてはいけないことになっているため、丹波守とも付き合いがある訳ではなく、丹波守が大番頭を辞めてからというものは一度も話をしたことがない。

それでも昔はこちらのことを、「十左衛門」と名で呼んでくれていた人である。自分が自ら出向いていって、誠心誠意、何があったか訊ねてみれば、少しは何か話してくれるかもしれなかった。

調査の相棒となる手下には、義弟で徒目付組頭の橘斗三郎を頼んである。

いつものように十左衛門は、斗三郎以下数名だけの最小限の供を連れて、香坂丹波守の屋敷があるという小川町に向かったのであった。


「なれば馬術の鍛錬の途中に落馬されて、大怪我をなさったと？」

通された客間で十左衛門がそう訊き返すと、向井信右衛門と名乗る四十がらみの香坂家の用人は、「はい」とうつむきがちに答えてきた。

「主は長く大番方にてご奉公しておりましたもので、大番頭を退きまして後も、何かと鍛錬はかかさずにおりまして……」

三日前の大怪我をしたその時も、丹波守は広い裏庭に愛馬を出して乗馬を楽しんでいたのだが、つい興に乗りすぎたものか、曲乗りに近いことまでし始めて、お付きの若党がお止めしようと思っていた矢先に落馬してしまったという。

「して、お怪我のほどは？」

「はい……。腹のあたりを大分にやりましたもので、いまだ熱に浮かされ、声をかけても判らぬようにございまして……」

「さようでございましたか……」

そう言って、十左衛門は目を伏せた。

腹のあたりを大分にやったというのだから、おそらくは落馬による怪我などではなくて、本当に切腹しようとしたのであろう。あの丹波守の豪放磊落で男気のある性質が今回ばかりは裏目に出て、自分が切腹することで何かを解決しようとしたのかもしれなかった。

やはりどうでも、一目でもいいからお会いして、丹波守さまのご様子を確かめたいと、十左衛門は目付としても、一個人としても、そう思った。

改めて十左衛門は、用人に向き直った。

「いや実は私事(わたくしごと)ではござりまするが、昔、丹波守さまには『十左衛門、十左衛門』と、可愛がっていただきましてな」

「はい……」

目付が自分からそう言ってくれて、ほっとしたのか、向井は表情を和らげた。

「私も、実は常々主人より、伺っておりました」

「さようでございましたか」

丹波守が大番頭の勤めから退いて、もう十年。無役の寄合に入られてからは、遠目にもお顔を見ることもできずにいたが、いまだ丹波守が昔を懐かしんで自分の話をしてくれていたことが、十左衛門は本当に嬉しかった。

「さすればやはり、ちとお顔だけでも拝見して、陰ながらお見舞い申し上げさせていただきたく……」

そう言ってお辞儀をして、十左衛門が立ち上がると、その義兄の心を読んだものか、後ろで斗三郎も立ち上がった。そうして義兄弟二人で気を合わせて、香坂家の家臣の誰かが奥へ案内してくれるのを待っていると、向井用人は慌てた様子を隠す余裕もなく、必死になって言ってきた。

「いや……ですが、まこと口も利けぬような有り様でございますので、本日のところは有難くお気持ちだけ頂戴をいたしまして……」

おそらくは、とにかく奥に通したくないのであろう。向井用人は奥へと続きそうな廊下の前に立ちふさがるようにして、はっきりと困った顔を見せている。

もし本当に切腹などしかけたならば、丹波守の状態をはじめ、奥にはさまざま目付には見せられないような代物（しろもの）があるに違いなく、やはり噂の通り丹波守は、自害しかけて向井ら家臣に止められたのかもしれなかった。

目付の職掌としては、このまま無理に奥へと押し入り、丹波守の様子や奥の座敷に血の跡など残っていないかなど、自分の目で確かめてくる権利もない訳ではなかったが、できればそんな手荒な真似はしたくない。

またここで無理に押し通っても、よけいにさまざま隠そうとされるのがオチで、この向井用人が真実を語ってくれるとは、とてものこと思えなかった。

やはりどうにか、外から調べをつけるしかなさそうだった。

「なれば、また出直すことといたしましょう」

十左衛門がそう言うと、向井は「はい」と、正直にホッとした顔を見せてきた。

「せっかくのご足労を、まことにもって申し訳もございませぬ」

「いや。では……」

と、十左衛門と斗三郎が、玄関のほうに向けて廊下に出かけた時である。

逆側の奥のほうから歩いてきた人物が、こちらが出てきたのに気づいたとたん、明らかに慌てて顔を隠すようにして、背を向けて戻っていったのである。

「…………」

十左衛門は、その男の後ろ姿を凝視した。

見たことのある顔なのは判るのだが、さりとて、あれがどこの誰であるのかまでは思い出せない。男の細くひょろりとした背中や、半白の髪の後ろ頭をしばらくじっと眺めてみたが、やはり思い出すのは無理なようだった。

「ご筆頭」

「うむ」

立ち止まった自分に声をかけてきた斗三郎にうなずいて、十左衛門は思い出すのをあきらめて、香坂の屋敷を後にした。

しばらく進んで騎馬のまま振り返って見れば、向井用人ら香坂家の家臣たちが数人、まだ十左衛門らを見送ってお辞儀を続けている。

その向井らに応えて十左衛門が会釈すると、馬の口取りして歩いていた斗三郎も一緒に振り返って会釈を返していた。

だが斗三郎は、そうして向こうにはにこやかに笑顔を送っておいて、馬上の十左衛門には下からこう言ってきた。

「義兄上(あにうえ)。六尺がおりましたな」

「おう、そうか！　六尺であったか」

こちらを見て逃げていった、あのひょろ長い男のことである。

「はい。名までは、ちと判りませぬが、あれはたしかに城の表六尺で……」

「さよう、さよう。いや、着る物があぁも違うと、判らぬな」

あの六尺がさっき着ていたのは、ごく普通の藍染の着物に、くるぶし丈の袴である。

だが城にいる時の『表六尺』たちは、全身、白衣であった。

それというのも六尺は、普通なら立ち入りを禁じられている高貴な座敷にも入って掃除をしなければならないため、自分たちが掃除人だということが誰の目にも判るよう、白い着物に白い裾細の袴を身につけているのだ。

「それにいたしましても、何ゆえ城の六尺が丹波守さまのお屋敷に……」

「うむ……。慌てて逃げたあの様子から察しても、ろくなことではなかろうな」

十左衛門が答えると、斗三郎は後ろを歩いていたお供の配下を目で呼び寄せて、自分がしていた馬の口取りを代わらせた。

「義兄上。ちと私、ここに残りまして、あの六尺が出てまいるのを待つことにいたしまする」

「うむ。そうしてくれるか」

「はい」

まだこちらを見送っている向井たちをやり過ごすため、十左衛門ら一行は最初に出てきた角を曲がると、どこに見張りを立てればよいかを探るため、香坂家のある一画をぐるりと歩いて見てまわった。

　すると幸いにして香坂家は両隣にも裏手にも別の家の屋敷があり、道に面した出入り口といえば、今出てきた表門一つきりである。

「あの門一つということであれば、見張りはやはり少ないほうが目立たずにすみましょう。高木(たかぎ)と私が残りますので、義兄上は城にお戻りくださいませ」

「うむ。では与一郎(よいちろう)も頼んだぞ」

「ははっ」

　ご筆頭に声をかけられて、頭(こうべ)を垂れて控えたのは、平(ひら)の徒目付の一人で三十一歳の高木与一郎という男である。

　この高木の能力を買っている目付は多く、そうした者らは自分の案件の調査(しらべ)に「高木与一郎を……」と名指しで使いたがるため、十左衛門はあえてそのなかには入らずに別の徒目付を頼むことが多いのだが、今回は斗三郎がわざわざ高木を呼び寄せて連れてきたのである。

大身旗本の切腹がらみという、下手をすれば旗本一家の存続にも関わるような案件ゆえ、少数ながら精鋭を揃えようと、斗三郎が気を使ってくれたのであろうと思われた。

見張りはよほど手の足りない場合ででもないかぎり、最低二人はともに就くのが望ましい。不測の事態が発生した際にも二人いれば、一人が城に報告に走り、もう一人が尾行対象を追い続けることができるからで、そうした時にも高木のように気の利いた者が一緒にいてくれれば安心であった。

斗三郎が言うには、今回は通りの角に潜んで二人で香坂家の門を見張り、あの六尺が出てきたらそのまま尾行して、名や住まいなど、できる限りのことを調べてみるということだった。

「では……」

馬上の十左衛門に小さく頭を下げると、斗三郎は高木与一郎を連れて、香坂家の門の見える角のほうへと戻っていくのだった。

三

斗三郎と高木が城に戻ってきたのは、とっぷりと日が暮れてからのことである。

今、三人は目付方専用の下部屋で、余人を入れず、話し始めていた。

「あの男、『村井富蔵』と申す者にございました」

まず十左衛門に報告したのは斗三郎である。

「やはり表六尺であったか？」

「はい。あの者の屋敷近くの辻番所にて、名も役方も訊ねてまいりましたので、たしかに……」

「うむ」

表六尺の村井富蔵は、あの後いくらもせぬうちに、香坂丹波守の屋敷の潜り戸から現れて、迷うことなく城のある方向へ歩き始めたという。

小川町にある香坂家の屋敷から本丸御殿に戻るには、江戸城のお堀に架かる一ツ橋御門の橋を渡って、すぐ先の平川御門から城のなかへと入っていくのが、一番の近道である。

富蔵も一ツ橋御門前の橋を渡って江戸城のお堀のなかへと入ったが、その先はなぜか本丸のほうへは行こうとせずに、大名家の上屋敷が建ち並ぶ大路を南へ南へと下っていき、行き着いた日比谷御門を抜けて、なぜかまた城の曲輪の外へと出てしまったというのだ。

「曲輪に入って、また出てと、一体どこに行くつもりかと面喰らっておりましたら、着いた先は外桜田の阿部駿河守さまのお屋敷でございました」

「なに？　お大名家に入ったと？」

「はい」

阿部家といえば上総佐貫藩の藩主である。

先日の月次御礼でも遠くからお見かけしたが、佐貫藩の現藩主である阿部駿河守正賀公は、見たところ二十歳かそこらという風なごく若い藩主であった。

こちらの記憶が確かならば、たしかまだ家督を継いで、数年しか経たないはずである。

「して、その村井とやらは、佐貫藩の上屋敷にはいかほどおったのだ？」

「小半刻（三十分位）と経ってはいなかったと存じます。すぐに出てまいりました」

「さようか。なれば、やはり『誰ぞの使い』といったところではあろうが……」

入った先が大名家では、目付方としては支配違いなので、直に乗り込んで訊き込みをする訳にはいかない。

どうしたものかと十左衛門が考えていると、斗三郎がいきなり言い出した。

「『誰ぞの』と申しますなら、杉内庄源でございましょう」

「『すぎうちしょうげん』……？　おう、あの表坊主の庄源か」

「はい」

斗三郎は、村井富蔵の足取りの続きを話し始めた。

佐貫藩の上屋敷から出てきた富蔵が、外桜田からもと来た道を戻るようにして歩き出したのは、昼八ツ（午後二時頃）の鐘が鳴って間もなくのことだったという。

さっき出てきた日比谷御門からまたも城の曲輪のなかへと入ったから、今度こそ本丸御殿に戻るのかと思ったら、富蔵は堀端の道をどんどん歩いて、常盤橋御門から町場のほうへと出ていってしまった。

常盤橋を渡った先は、本町や室町、大伝馬町や小伝馬町といった一級の商業地が広がっていて、南に下れば日本橋、北に上れば神田へと、延々町場が繋がっているのだが、富蔵は神田のほうに上がっていったという。

「……神田に、か？」

「はい。神田紺屋町のあたりに武家町がございまして、あの六尺、そちらにまいりましたので……」

神田はもとより町人の町である。

だが、その広大な繁華街の真ん中に、ぽつんと島のように小さな武家町があり、小禄の武家の小ぶり屋敷ばかりが建ち並んでいた。

富蔵は、そのなかの一軒に、迷うことなく入っていったという。

「あのあたりは、たしか城の坊主衆も幾人か住んでおりますので、近所の味噌屋に立ち寄って訊ねてみましたところ、表坊主の杉内庄源が屋敷と知れまして……」

斗三郎はそこまで言うと、急に「ふっ」と笑い出した。

「ん？　どうした？」

訊ねてきた十左衛門に、斗三郎は愉快そうに話し始めた。

「いやそれが、ちと妙なところを目にいたしまして……」

そう言って斗三郎が後ろに控えている高木に、同意を求めるように目を向けると、高木も大きくうなずいてきた。

「まことに……」

富蔵が庄源の屋敷のなかにいたのは、小半刻（三十分位）ほどであったという。

誰に見送られる訳でもなく一人で外に出てくると、富蔵は通りのほうへ行きかけて、つと立ち止まり、庄源の屋敷の門を振り返った。そうして、そのたいして立派でもない木戸門の柱を、蹴り飛ばしたというのである。

「蹴り飛ばした？　門をか？」

十左衛門が目を丸くすると、斗三郎は愉しげにうなずいた。

「はい。何ぞよほどに腹の立つことでもあったのでございましょう。一度といわず、二度、三度、四度、五度と、執拗に蹴り飛ばしましてから、『ふん！』とばかりに背を向けて、ずんずんと行ってしまいました」

その後、村井富蔵は神田から四ツ谷(よつや)にまわり、ようやく自分の家らしきところへ帰っていったそうなのだが、その富蔵が庄源の屋敷の門を何度も蹴っていたのを見ていた際、斗三郎は一つ思い出したことがあったのだという。

「最初、香坂丹波守さまのお屋敷から出てきた時なのでございますが、あの六尺、自分が出てきた潜り戸に改めて向き直りまして、誰もおらぬというのに深々と、しばらく頭(こうべ)を下げていたのでございます」

「なに？　頭を……？」

「はい。あの時のあの者の様子と、庄源の屋敷の門を蹴り飛ばしていたあの様(さま)が、まるで真逆でございましたもので、少しばかり目に残りまして……」

「さようであったか……」

十左衛門は沈思し始めた。

どういうことなのであろう。

表坊主は表六尺の上役にあたるゆえ、富蔵が庄源に何かを命じられて香坂の屋敷や大名家に使いに出たのはたしかなのであろうが、その使いっ走りの仕事に富蔵自身が少なからず自分の意思や感情を抱いているということが、何とも妙なのである。

庄源の屋敷の門を蹴ったというだけなら、別段、妙とは思わない。庄源に命じられて、あちらへこちらへ、またあちらへと、いいように歩かされたのだから、その鬱憤を富蔵が門柱にぶつけたとて、不思議ではないからだ。

だが一方の、香坂の屋敷で深々と頭を下げていたという事実が、十左衛門にはどうにも気になってならなかった。

誰一人いないところで頭を下げていたというのだから、それは間違いなく、村井富蔵の本心である。つまり村井富蔵は、香坂家か、もしくは香坂丹波守本人に、心から頭を下げたいと思う理由を持っているということである。

あの六尺は、何にせよ、何かを知っているに違いないのだ。

「斗三郎」

「はい」

「あの村井富蔵とか申す者だが、明晩、わしが屋敷に連れてきてはくれぬか」

「心得ましてござりまする」

この流れになることを、すでに予想していたのであろう。斗三郎は、何ほどもなくうなずいて、よけいなことはいっさい訊かない。亡き妻の与野によく似て、この義弟は義兄(こちら)の気持ちなど、何なく見通せるのかもしれなかった。

「村井当人の身辺につきましては、明晩までに、与一郎とともに調べておきますゆえ、ご安心を……」

「うむ。頼む」

十左衛門は微笑(ほほえ)んだ。

まさに今、「村井を調べておいてくれ」と頼もうとした矢先の、この義弟の言葉である。こうしてすべて察して、なお静かに寄り添うようにしてくれる身内が、まだ自分に残されていることが、十左衛門には嬉しく、心強かった。

四

村井富蔵は、五十八歳。

家禄十五俵二人扶持の村井家は、代々表六尺を勤めており、今住んでいる四ツ谷の西念寺横町の屋敷も先祖代々のものだという。

家族は妻に娘が三人、息子が一人いるそうだが、すでに娘たちは他家へと嫁して、四ツ谷の家にはいないため、今は夫婦と、まだ十五歳の末の息子の三人で暮らしているらしい。

その村井富蔵は、探ってみると、見事なまでに平凡な男であった。

まだ父親が健在だった十八の時に、表六尺見習いとして本丸御殿に通うようになり、二十三歳の時、隠居した父親の跡を継いで嫁をもらい、以来、日々淡々と表六尺を続けて四十年の歳月が経つという訳である。

表六尺には『平』と『組頭』の別もなく、皆一律に、座敷掛の表坊主の指図を受けて仕事をしているから、四十年、真面目に勤め上げたからといって、組頭に出世ができる訳でもない。

だが村井は、それを不服として、他の役方を羨むという気持ちもないらしく、年中変わらず、ただ静かに働いているようだった。

そうして斗三郎や高木が、どんなに周辺に訊きまわっても、村井富蔵のことを悪くいう者は一人もいない。取り立てて目立つ男でも、取り立てて人気のある男でもないようであったが、斗三郎らが訊ねれば、「ああ。村井さんなら、いいお人でございますよ」と、決まってそうした答えが返ってくる。

その村井富蔵が、斗三郎に半ば連行されるようにして駿河台の妹尾家にやってきたという訳だが、見るからに「この世の終わり」という風に意気消沈し、ちと哀れに感じられるほどだった。

唯一、路之介が猫の八をお供に茶を出しに来た時だけは、目付の家らしくないその風情に驚いたらしく目を丸くしていたが、路之介が八とともに退出していったとたん、自分の立場を思い出したか、また死んだような目に戻っている。

その村井富蔵に、十左衛門は声をかけた。

「貴殿、昨日会(お)うたのは覚えておるか？」

「…………」

村井富蔵は目を伏せたまま、黙り込んだ。

「ほう……。『会うてない』とは言わぬのだなあ」

愉快そうな声を出した十左衛門に驚いたのであろう。富蔵は、ついこちらに顔を上げてしまったようだった。

その富蔵に、十左衛門は機嫌のよい顔を見せた。

「貴殿はやはり、この橘の申すよう、正直な性質（たち）なのだな」

「え？」

と、こちらと目を合わせてきた富蔵に、十左衛門はうなずいて見せた。

「杉内庄源が屋敷の門はさんざんに蹴り飛ばしておいて、香坂丹波守さまが門の前では長く頭を下げていたそうではないか。己（おの）が気持ちを欺（あざむ）けぬ証拠であろう。今日、貴殿に足労を願ったのは、そのためだ」

「…………」

聞いていた富蔵は、見る間に青くなっていった。そうして十左衛門の目を真っ直ぐに見つめたまま、いやいやをするように、首をしきりに横に振っている。

「どうした？　村井」

「…………」

「さように脅（おび）えることはない。思うまま申してみよ」

「…………」

だが富蔵は、とにかくしきりに首を振るばかりで、答えない。

この六尺が正直なだけではなく、こうと決めたら梃子でも動かない性質であるのを見て取って、十左衛門は調べの手法を変えることにした。

「人ひとり、死にかけておるのだぞ」

「…………！」

声を荒げた十左衛門に気圧されて、富蔵が顔を上げた。その富蔵に、十左衛門は畳みかけた。

「丹波守さまは、大番頭をお勤めでいらした頃より、まこと仁徳のあられる御方であった。ご配下よりの人望もことさらに篤く、おそらくは城中でも、今この噂に心底から胸を痛め、丹波守さまの御身を案じている者は決して少なくはないはずだ」

「…………」

富蔵は物言わぬままであったが、それでもこの男の目のなかに、今たしかに何かが動いたようであったのに、十左衛門は喰らいついた。

「何があった？　申さぬか！　このままでは、どうで丹波守さまは救われぬぞ！」

語気強く言い放った十左衛門に、バッと富蔵は平伏した。

「……申し上げます」

平伏したまま、富蔵はくぐもった声で言った。

「私の粗相なのでございます。あの文を、よりにもよって庄源さまにお渡ししてしまうなどと……」

富蔵は、あの日、厠で『落とし紙』を見つけた次第から話し始めた。

文は佐賀藩の現藩主・阿部駿河守正賀が、旗本の香坂丹波守紀邦に向けてしたためた、礼状だったそうである。

「拝見をいたしましたのは一度きり、それも厠の暗いなかでございますので、すべて覚えている訳ではございませんのですが……」

あの厠のなかで富蔵が、とにかく震えが来るほどに驚いたのは、文の内容に阿部・香坂の両家の所領についてのことが書かれていたからである。

香坂家の所領の一部にある『加藤村』という一村を、向こう十年、佐賀藩の阿部家に譲ると、文にはそうあったというのだ。

「なに？　村を譲る、と？」

「はい……」

「………」

愕然として、十左衛門は横手に控えている斗三郎と、思わず顔を見合わせた。

そもそも武家の所領というものは、幕府より安堵されて与えられている徳川家家臣としての禄である。

その所領を幕府に内緒で、勝手に他家へ譲ったり、また逆に譲られたりするというのは、上様をないがしろにする行為で、決して許されるものではない。

今、富蔵の口に出た『加藤村』というのが、どういう規模のどういう村なのかは判らないが、たとえそれがごく小さな一村であったとしても、勝手に所領のやり取りをするのはご法度であった。

「して、村井。文には、他に何とあった？」

十左衛門が訊ねると、富蔵は考えて、思い出したようにこう言った。

「枇杷のことが書いてございました」

「びわ？　あの喰い物の枇杷か？」

「はい」

文は全体、礼状のようであったという。

書き手の安部駿河守は、加藤村を貸し出してくれた香坂丹波守の厚意に感謝して、

『この先代々、もし香坂家に難事が出来した暁には、必ずや力になるゆえ、遠慮な

く何でも申し出て欲しい』とあり、『心ばかりではあるが、佐貫の名物ゆえ、ご笑納いただきたい』と、枇杷を贈った次第が書かれていた。

「その枇杷についてが、まず文の最後というところにございました」

「さようか……」

聞き終えて、十左衛門は沈思した。

今の話の通りなら、この領地の貸借は、もともとの両家の懇意の上に成り立ったものであり、金欲ずくのものではないということになる。

阿部駿河守とは面識がないゆえ判らないが、一方の香坂丹波守の性格を考えれば、いかにもありそうな話ではあった。

小藩であるとはいえ、禄高一万六千石のれっきとした大名が、家禄五千石の旗本に経済援助をしてもらうなど、町人の世界であれば、あり得ない話であろう。

だが武家社会においては往々にして、禄が高ければ高いほど経済的に豊かで、禄が低ければ低いほど生活が苦しいという具合に、単純な訳にはいかなかった。

武家には家格によって、雇わねばならない家臣の数が決められている。

そもそも武家は家ごとに一つの軍隊であるから、もし幕府に危機が迫った際には、おのおの禄高に見合った数の兵士を引き連れて、一個隊として幕府を守って戦えるよう、常に準備しておかねばならないのである。

その兵士である家臣についても、大名家であれば、幕府の形式をそのまま小さくしたような形で雇わねばならない。

たとえば幕府で『老中』といえば、たいてい五万石以上、十万石以下の古来譜代の大名が就くことになっているが、大名家では、その老中にあたるのが『家老』で、これは最低でも江戸の上屋敷に一人、国許にも一人は置いておかねばならないから二人は必要になってくる。

ではその家老を一体いくらで雇うかという話になるが、大名家の禄高によって差こそあれ、一人に対し、数百俵から千俵近くは家禄として与えなければならないから、家老以下さまざまに家臣を抱えている大名家は、経済的に決して楽ではなかった。

ことに阿部家のように一万、二万の石高の大名家は、少ない中から家老以下、大勢の家臣たちに分配しなければならないから、そこに突発的に、幕府へ献上しなければならない金品の用意があったり、天候によって領内に不作が続いたりすると、たちまち藩財政は窮地に陥ることとなる。

おそらくは今回も、そうした何かで佐貫藩の財政が苦しくなり、阿部駿河守が困り果てていたところに、親分気質で情が深い香坂丹波守が援助を買って出たというあたりが、真相であろうと思われた。

ただ、だからといって、それが許される訳ではない。

この事実が公になれば、幕府より両家にきついお咎めがあるのは必定で、それゆえ領地貸借の秘密を知った表坊主の庄源が、両家を強請って金子をねだっているのであろうことは、容易に想像ができた。

「庄源が、そなたを使いにして、両家を脅しているのだな？」

「はい……」

富蔵は答えてきたが、つとこちらに身を乗り出してきた。

「庄源さまに命じられてのこととはいえ、私は使いなどいたしておるのでございますから、お咎めの覚悟もできております。ですが、丹波守さまや駿河守さまにつきましては、厳しいお咎めのなきようお願いを申す訳にはまいりませんでしょうか？」

見れば、富蔵は必死の形相である。

「元はといえば、私が文を拾って、庄源さまにお預けしたのが間違いだったのでございます。拾いなどせずに、落とし紙と思うて、あのまま穴に蹴り落としてしまえば、こんなことには……」

「村井。それは違うぞ」

十左衛門は、首を横に振って見せた。

「そなたが文を拾おうが捨てようが、御上に黙って所領を貸借した事実に変わりはない。この先の調査にもよろうが、『両家ともにお咎めなし』という訳にはいかぬであろうな」

「…………」

富蔵はぐっと唇を嚙みしめて、うつむいている。

その富蔵に、十左衛門は続けて言った。

「したが富蔵、今、両家がためになることは別にある。それを、そなたに、是非にも頼みたいのだ」

「え？」

と、富蔵は顔を上げて、飛びつくように言ってきた。

「何でございましょう？　私のできますことでございましたら、もう何だっていたしますので……！」

その富蔵の必死の顔にうなずいて見せてから、十左衛門はスッと顔つきを和らげて優しく言った。

「そなたは正直なだけではなく、まこと善き人物であるのだな」

「………」

突然に、それも目付にそんな風に言われて、富蔵は十左衛門に言われた言葉の意味をどう取ればいいものか、判じかねているようである。

いかにも困ったように眉尻を下げている富蔵に、十左衛門は言った。

「いましばらくは何もなかったことにして、これまで通り、庄源に気づかれぬよう、我ら目付のことは忘れていて欲しいのだ」

「………？」

富蔵は、これまた正直に、意味が判らないという風に首を傾げてきた。

「いやな……」

その富蔵を相手に、十左衛門は説明をし始めた。

両家にどういう仔細があって、幕府に内緒で「領地貸借」などというような大それたことをしたかについては、これから自分たち目付方が、急ぎ現地まで出向いて『加藤村』なる場所を探して視察し、調査することとなる。

またはたして、無事に現地で領地貸借の真相が判ったとしても、今度はその内容を目付部屋の合議にて審議し、それを若年寄方から老中方、果ては上様へと順次、報告を上げていき、最終的に上様が両家のお裁きを決定するまで、一体どれほどの時がかかるか判らないのである。

だがその間に、万が一にも、領地貸借の話が城内や武家の間で噂になれば、大変な騒ぎになるに違いない。「勝手に領地の貸し借りをするなどと、阿部・香坂ご両家は、上様のご統治を否定しておられるということか！」などと騒ぎ始める武家も少なくはないであろうし、またそうして大騒ぎになればなるほど、上様の御顔を潰すことにもなる。

そうなれば、いよいよもって両家に厳罰が課される可能性が高くなるであろう。

「ゆえに何といたしても、こたびの両家の一件については、外部(そと)に知られる訳にはまいらぬのだ」

「……はい」

神妙な面持ちで返事をしてきた富蔵に、十左衛門はさらに続けた。

「また、今こうして我ら目付がそなたと会うていることを、あの杉内庄源に知られたら大変なことになろう……」

強請(ゆすり)の罪は重いゆえ、庄源はどこぞに逃げてしまうやもしれず、そうなれば庄源が出奔した理由が問われて、両家のことが明るみになり、庄源の周辺の者らから城中に噂が広まって、結局はまたよけいに上様の勘気(かんき)に触れることになるのだ。

「ではこのまま、庄源さまのことは野放しになさいますので？」

　このまま好きなように両家を脅して金をせびらせ続けるつもりかと、富蔵は不服なようである。

「うむ」

　と、十左衛門は、その富蔵にはっきりとうなずいた。

「強請の手下をするなど、どんなにか嫌であろうが、こらえてはくれぬか。ひいては、ご両家のためだ。我ら目付と話したことなど、万が一にも杉内庄源に気づかれぬよう、『これまで通り』につとめてくれ」

「…………」

　富蔵はうつむいたまま、答えない。

　その富蔵に、一膝ぐっと乗り出して、十左衛門は畳みかけた。

「おぬしがそうして時を稼いでくれねば、両家は事情を考慮される暇もなく、即刻、お取り潰しに処されるやもしれぬのだ。頼む、村井。できるな？」

「…………」

　と、富蔵は目を上げた。

「……はい。必ず、知られぬようにいたします」

「うむ」

富蔵はどこまでも、真摯で、正直で、善良な男である。

十左衛門は目付として、この表六尺の進退が悪いものにならないよう、精一杯に守ってやらねばと決意するのだった。

五

数日後、目付部屋が立ち行くよう他の仕事に都合をつけた十左衛門は、斗三郎と高木与一郎以下、数人だけを手下(てか)につけ、はるばる上総の地を訪れていた。

こうして目付が自ら江戸の外まで足を運んで案件の調査をするのは、めったにないことである。

それでも、ここ上総や下総(しもうさ)、安房(あわ)といったあたりは、小禄の大名領と旗本領、そして幕府の天領までもが複雑に境を接して混在しているため、揉め事が生じることもままあった。

四年ほど前であったか、上総の隣国、安房の海沿いの一地方で、幕府天領と大名領とが接する海岸の漁労権をめぐって、それぞれの領地の漁民どうしの間で激しい諍(いさか)いが発生し、その事態収拾のために、十左衛門は江戸から出張ってきて、その天領を治めている代官とともに、立ち働いたことがあった。

陸地であれば、「この道を境に、こちら側は天領とする」とか、「この山の端から向こうは、隣家の領地である」などと、領地の境に目安もつけやすいが、海ともなるとそう簡単な訳にはいかない。

おまけに安房や上総の海では、海老や鯛、あわびなどといった、船で江戸に運びさえすれば高額で売れるあてのある海産物が数多く獲れるため、四年前のその際も、漁民間の争いは激化していたのである。

そうしてむろん所領の境をめぐる争いは領民の間だけでは収まらず、領主どうしの紛争となる。領主にとって、自領の民たちが納めてくる年貢米や漁獲高に応じて納量が決められている海産物品が、どちらの家にどれだけ傾くかは死活問題であり、したがって所領を接する家どうしは、えてして良好な関係は結べないのが普通であった。

だが今回、佐貫藩の阿部家と旗本の香坂家は、領地が一部接しているというのに、おそらく仲が良いのである。

その両家の境や懸案の『加藤村』を見つけて見分し、なぜ今回こうして「貸借」に至ったのか、その理由の片鱗でもつかんでこなければいけなかった。

十左衛門ら一行は、昨日、江戸から船に乗り、海を渡って木更津の宿場に泊まり、今朝はまだ日の出ぬうちに宿を出立して、今はすでに天羽郡（現富津市のあたり）という、佐貫藩の領地や香坂家などの旗本領、幕府の天領までが複雑に入り混じっている郡内に入っている。

目指す『加藤村』も、この天羽郡のなかの一村であるそうで、十左衛門ら一行はその加藤村を探して、もうずいぶん長い時間、歩き続けていた。

江戸市中とは違い、こんな山の端のような場所にいて、「今が何刻」ときちんと時の鐘が聞こえるものか判らなかったが、空を見上げて日が真上近くにあることから察すれば、今はおそらく九ツ（正午頃）あたりではないかと思われる。

木更津の宿を出立したのが、まだ暗い七ツ刻（午前四時半頃）だったから、もうかれこれ四刻（八時間位）近くも歩き通しということだった。

「ちと私どもで散りまして、この近辺に川や村などないものか、見てまいりまする」

そう言って配下の者二人に指示をして、三方に散っていったのは徒目付の高木与一郎である。

残された十左衛門と斗三郎は、草の乾いた場所を見つけて、江戸から持ってきた絵図（地図）を開いた。

　幕府で決めた所領であるから、むろん両家の境を記した絵図はあり、十左衛門らも江戸を出る際に用意して持参している。その絵図によれば、加藤村の近くには、どんな大きさの川なのかは判らないが『湊川(みなとがわ)』という川が流れているらしいのだ。

　だが何せ見渡すかぎり、低めの山や竹林や開墾されていない野っ原と、あとは田畑が広がるばかりで目星となるものがなく、唯一の手がかりと思われる川もいっこうに見当たらない。今、自分たちのいる場所も、もうとうに判らなくなっていた。

「いや、昔、安房にまいった時には地(じ)の代官がともにいて、すべて案内(あない)してくれたゆえ何の不便もなかったが、こうしたところは、やはり先達(せんだつ)がおらねばどうにもならぬな」

「まことに……」

　つい愚痴が出た十左衛門に、斗三郎もしみじみとうなずいてきた。

　本来ならば幕臣を統括する目付方として、旗本の香坂家に、正式に所領の訪問について申し入れ、香坂家の陣屋(じんや)から案内人を出してもらって加藤村を見分する、というのが筋である。

　陣屋というのは、武家が自分の領民や年貢米の管理のために、領地内のほどよき場所に建てる役所のようなものである。

たとえば幕府の天領ならば、その陣屋に代官を置き、担当の天領を治めさせる訳だが、大名や旗本も同様に、自分の領地の陣屋には人を配して治めさせていた。

それゆえ陣屋から人を出してもらって案内を頼めば、加藤村に着くことなど、簡単にできるに違いない。だが今回ばかりは、秘密裏に調査をしなければならず、香坂家にも阿部家にも案内など頼めないから、こうして絵図を頼りに探すしかないのである。

「おう。与一郎が戻ってきたぞ」

期待を込めてそう言った十左衛門に、だが高木与一郎は、首を横に振って見せた。

「申し訳ございませぬ。少しく奥まで覗いてはみたのでございますが、川の流れる音すらもいたしませんので……」

「さようか……」

さすがにがっかりしていると、別の方向へ川を探しに行っていた配下の一人が、勇んで走って帰ってきた。

「ご筆頭！　あちらに村がございました！」

「おう。村があったか！」

「はい」

と、配下の男はうなずいたが、続いて少し申し訳なさそうに付け足した。

「ですが、近辺に『川』みたいなものがございませんので、加藤村ではないのやもしれませぬが……」

「よいよい。村を見つけてくれただけでも有難い。その村を絵図と引き合わせれてみれば、どのあたりになるか判るやもしれぬ」

「さようでございますな」

　斗三郎も嬉しそうに言ってきた。

「村の位置と山の形などつき合わせてみれば、必ず……」

「うむ」

　だがその配下の案内で、集落の見える場所まで出てきたものの、いざ絵図とつき合わせてみると、やはりいっこう判らない。

　十軒足らずまとまっただけの集落らしきものを、あれだけで「○○村」と呼んで、一ヶ村に数えるのか、遠くの山の端にぽつりぽつりと見えている幾つかの集落まで合わせて一ヶ村の単位になるのか、そうしたことすら見当もつかないのだ。

　絵図にはむろん、百姓家一軒一軒が書き込まれている訳ではなく、川のふちや、山のふもとと思われる場所に「○○村」と、字で村名が書いてあるだけである。

「あの村で、案内(あない)を頼めれば、どれほど楽かしれないのでございますが……」

村を見つけてきた配下の者が、残念そうにそう言った。

たしかに土地の者に案内を頼むことができれば、加藤村など、すぐに見つかるに違いない。

だがよしんばこちらが「目付」とは名乗らずに、「加藤村に用事のある者だ」としか言わないでいたところで、「よそ者の侍が、加藤村はどこかと訊いてきた」などと陣屋に報告をされれば、香坂家や阿部家の耳に入るのは必定であった。

「仕方がない……。やはりいま少し歩きまわって、湊川を探すとするか」

そう言って十左衛門が、苦笑した時だった。

「義兄上」

それまでずっと黙り込んでいた斗三郎が、横手から言ってきた。

「ちと『策』を思いついたのでございますが……」

「策？」

だいぶ疲れた顔をして鸚鵡返しに訊いてきた義兄に、斗三郎は悪戯っぽく笑って見せた。

「このあたりの者らに案内が頼めるよう、香坂さまの娘御の縁組ということにいたしましょう」

「…………？」

何のことやら、返事のしようもない十左衛門を相手に、斗三郎は愉しげに「策」というのを話し始めた。

このあたりの領主である香坂丹波守紀邦には、息子はおらぬが、娘のほうは二人いる。

斗三郎の調べによれば、丹波守は歳の離れた妻女との間になかなか子ができなかったようで、上の娘が十五歳、下の娘はまだ十歳だそうだった。

その上の娘に、今、江戸で縁談が持ち上がっていることにして、香坂家に自分の息子を婿養子に出さねばならない十左衛門が、香坂家を継ぐことになる息子の将来を案じて、所領の様子をお忍びで見に来たことにしようというのだ。

「こうした所領は天領とは違いますから、城から幕府の役人が来たと判れば、面倒なことに巻き込まれないよう、皆、口を閉ざしてしまいましょう。やはり『縁談相手の旗本が来た』というくらいが、土地の者にも嫌われずに済みますものかと」

「なるほどな……」

感心して十左衛門はうなずいた。

この義弟は、亡き妻と同じで、本当によく機転が利く。だが十左衛門には一つだけ、ちと気になるところがあった。

「そなたの策では、どうも相手の父親というのが『わし』が役のような気がするのだが、そなたもよう知っての通り、わしにはそうした芝居はできぬぞ」

「心得ておりまする」

斗三郎は、にやりと笑って胸を叩いた。

「私が『用人』としてすべて話をいたしますゆえ、義兄上は大船に乗ったおつもりで、いつものようにご立派に旗本らしくなさっていただければ、それだけで……」

そう言うと、斗三郎は配下の一人を引き連れて、さっそく手近な百姓家のところに駆けていくのだった。

六

斗三郎の策は、なかなかのものであった。

聞き込みに入った村は、香坂家の所領の村ではなく、佐貫藩のほうの領村であったのだが、隣国の香坂家に婿(むこ)が来るという話は、一応に土地の者たちの興味を引くらしく、耕作の手を止めてまでも、すぐに話に乗ってくれる。

その上に、縁談相手の旗本の父親が婿に行く我が子を心配して、はるばる江戸から所領の様子を見に来たという親心が、子を持つ親たちの共感を呼ぶようで、あれこれと親身に教えてくれる者も多かった。

そうして幾人かの土地の者らに訊きながら、十左衛門ら一行がようやく『加藤村』を目にすることができたのは、日が傾き始めた頃である。その強い西日のなかで、加藤村の村民の一人に聞かせてもらった話は、大昔の災害の話であった。

「では、ここの田畑は、山崩れで埋まったことがあるのか？」

用人と称している斗三郎が訊き直すと、四十がらみの村の男は「へえ」と、大きくうなずいた。

「ですがまあ、『びゃく』が『くんだ』なァ、綱吉さまの時分の事ってすから、随分と昔でごぜえやして……」

「びゃくがくんだ？」

思わず横から十左衛門が訊き返すと、男は目を丸くして、これまで一言も口を利かなかった「婿さまの父上さま」に、今更ながらに改めて頭を下げてきた。

「『びゃく』ってえのは、ああした『崖』の事ってごぜえやして……」

一方で崩れることを『くむ』と言い、都合このあたりで『びゃくがくんだ』といえば、崖崩れが起こったという意味になるそうだった。

「ほう。なれば、あの山のあのあたりの『びゃく』が『くんだ』という訳か……」

「へえ」

六十年あまり前、五代将軍・綱吉公の治世の末頃に起こった大きな地震で、このあたりは山肌が大きく崩れ、加藤村の集落のほとんどが土砂に飲まれてしまったというのである。

そして当時、土砂に埋まった加藤村にいち早く駆けつけて、生き埋めになった村人たちを助けてくれたのは、領主・香坂家の者たちではなく、佐貫藩の陣屋に詰めていた藩士たちであった。

香坂家の陣屋はだいぶ離れた場所にあり、また陣屋自体が地震の被害で一部壊れたりしていたこともあったが、加藤村に大きな崖崩れがあったことすら知らなかったのである。

対して佐貫藩の陣屋は領地の境の近くにあって、崩れた山からもさほどには遠くなかったため、「びゃくがくんで、川向こうの加藤村が埋まった!」と自分のほうの領民たちから報せを受けて、「とにかく助けてやらねば!」と、皆で駆けつけてくれたのであった。

その迅速な対応のおかげで、生き埋めになっていた者たちは全員が助かったため、今でも加藤村では、隣国の佐貫藩を皆とても好きなのである。そうしてそんな佐貫藩に、今でもとても恩義を感じているのは、香坂家の者たちも同じであった。

一万六千石の佐貫藩がジリ貧のように財政難になって苦しんでいるということを、最近になって聞き知った香坂丹波守は、「先代の頃の恩を返すのは今だ」と加藤村の貸し出しを決め、江戸の屋敷に庄屋を呼んで直々に通達したということだった。

大恩ある佐貫藩が藩財政に苦しんでいるゆえ、向こう十年の間、加藤村を佐貫藩の支配とし、年貢の上がりも佐貫藩の陣屋に納めるように、という通達である。

江戸から戻ってきた庄屋からこの話を聞いた時、加藤村の人々は「これでやっと、爺さまや婆さまを助けてくれた恩が返せる」と、皆で大喜びしたというのだ。

「いや、義兄上。正直、ちとまいりましたな」

「うむ……」

加藤村でたっぷりと話を聞いて、日が暮れて、急いで旅籠のある木更津の宿場まで戻る途中のことである。

少なからず加藤村での話にあてられて、二人は言葉少なになっていた。

「こうも事情を聞き知ってしまいますと、こたびの所領の貸借を、いかように考えればよいものかと……」

正直な義弟に向かって、十左衛門も大きくうなずいた。

「さよう。いずれ両家の裁きについては、目付部屋にて合議をせねばなるまいが、まずは江戸に着いたら、両家を訪ね、真偽の程を確かめねばならぬ」

「はい。ではやはり、阿部駿河守さまのほうから先に……？」

「うむ」

まだ山と田んぼばかりが続いているが、ここはどのあたりになるのであろう。

この調子で無事に木更津の宿場に辿り着けるか、宿場に着いても無事に宿が取れるかどうか、両家の行く末ばかりではなく自分たちの身のほうも案じながら、十左衛門ら一行は山端の暗い道を急ぐのだった。

七

十左衛門が目付筆頭として、佐貫藩の上屋敷に正式な面談の願い書を出してから、五日目のことである。

阿部家の江戸家老より十左衛門の屋敷に、直(じか)に使いがやってきた。面談を受ける旨の回答を伝えに来たのである。

　面談の日程は翌日、夜の五ツ（午後八時頃）ということである。おそらくは、目付筆頭の訪問を周囲に知られてはまずいため、世間の目に立ちにくい夜を選んだのではないかと思われた。

　そうして今、十左衛門は斗三郎一人のみを供として、外桜田にある阿部家の上屋敷を訪れたところであった。

　藩の存亡に関わる一大事ゆえ、藩主の阿部駿河守正賀も、江戸家老以下、佐貫藩の重鎮たちをうち揃えて、面談の間の上座に構えている。

　初めて会った阿部駿河守正賀は、月次御礼で見た記憶の通り、ごく若い大名であった。

　事前の斗三郎の調べによれば、やはり駿河守は二年前に家督を継いで藩主になったばかりで、二十一歳ということである。眉が太く、肌色も浅黒く、身体が全体に大きくて、黒々とした瞳でこちらを射抜かんばかりに鋭く見つめている。

　見るからに「偉丈夫（いじょうぶ）」という言葉が当てはまるような、こうした男らしく頼もしげな若者を、番方出身の香坂丹波守が気に入らない訳がなかった。

　駿河守は二十一、丹波守は五十八で、親子以上の年の差もあり、大名と旗本という家格の差を越えて、丹波守は年若い駿河守を守ってやりたいという気持ちになってしまったのかもしれなかった。

「ご尊顔を拝し、恐悦至極に存じ上げ奉りまする」

十左衛門が斗三郎と二人、平伏すると、阿部駿河守正賀は、中継ぎをしようとした江戸家老を目で押しとめて、自ら口を利いてきた。

「阿部駿河守正賀である。今は両家ともに存亡の危機ゆえ、何事につけ、忌憚なきところを伺いたい。まずは香坂丹波どのにもご列席いただきたく思うが、よろしいか？」

「…………！」

と、十左衛門は、思わずバッと顔を上げた。

「では丹波守さまは、ご無事で？」

取りつくように訊ねてきた幕府目付筆頭の本気の色に、阿部駿河守は少しだけ表情をやわらげたようだった。

「丹波どのより伺っている。貴殿は丹波どのとは旧知の間柄であるそうだな」

「はい」

きっぱりと十左衛門が答えると、阿部駿河守は、今度ははっきり口元をゆるませた。

「お呼びいたそう」

阿部駿河守の言葉を待ちかねていたように、続きの間の襖が家臣の手で引き開けられて、香坂丹波守がこちらへと入ってきた。

「久しいのう、十左衛門。こたびは面倒をかける」

「丹波守さま……」

こうして顔を合わせたのは、十年ぶりぐらいであろうか。昔は大番方の旗本らしく、筋骨隆々として大きな声で話し、笑い、どこまでも大らかな人物であった。

その人好きのする声も、目の優しさも変わらなかったが、丹波守は顔色も悪く、痩せて小さくなっていて、十左衛門は胸を突かれるのだった。

阿部駿河守の「忌憚なく」という言葉の通りに、十左衛門は自分たち目付方の側から見てきた、これまでの経緯を話した。

そのなかで、阿部駿河守と香坂丹波守の二人が等しく驚いていたのが、村井富蔵のことである。

二人にとって富蔵は、自分ら両家を恐喝(きょうかつ)してきた杉内庄源の使いに過ぎず、まさかその敵方の使いが、自分たちにそれほどに心を寄せているとは思いもしなかったようだった。

一方、十左衛門らが驚かされたのは、両家がすでに加藤村での十左衛門らの聞き込みを知っていたことであった。

加藤村では領主家の縁談を喜んで、庄屋が江戸の香坂家の屋敷まで祝いを届けに来たそうで、実にまだ十左衛門らと話した日から十日と経たないというのに、いち早く庄屋が江戸まで出てきたということに、正直、驚いたのである。

つまりはそれだけ領民が、領主である香坂丹波守を慕っているということで、それは目付の目から見て、まことに好ましいことであった。

領主である武家の統治に不満を抱き、一揆を起こす領民も少なくはないなかで、十左衛門らが天羽の地で出会い話した領民の者たちは、佐貫藩の領地の者も、香坂家の領地の者も、皆、自分たちの領主を身内のように慕っていたのである。

それゆえ加藤村でも香坂家の慶事を喜んで、庄屋がさっそく江戸まで祝いを届けにいき、そこで用人の向井を相手に存分に話してきたらしい。

庄屋の口から、「橘」と名乗る子煩悩(こぼんのう)な旗本がいろいろ聞き込んでいったことを知り、十左衛門をよく知る香坂丹波守が、義弟にあたる徒目付組頭の姓名を思い出して、今回の一件ですでに目付方が動いていることに気づいたという訳だった。

双方ともに、すべて話し終え、聞き終えて、すでに一刻近く（二時間位）が経っている。もうそろそろ町場の木戸がいっせいに閉まる、夜四ツ（午後十時頃）を迎えてしまいそうだった。

「して、十左衛門。そなた、上つ方(うえつかた)には、いかように申し上げるつもりだ？」

単刀直入に訊ねてきた香坂丹波守の顔色は、さっき座敷に入ってきたばかりの時より悪くなっているようである。外出と、この長時間の会談が、丹波守の身体に無理を強(し)いているに違いなかった。

「十左衛門」

「…………」

だがこれは、簡単に答えの出せる案件(もの)ではない。

十左衛門は丹波守に真っ直ぐに目を合わせて、こう言った。

「判りませぬ」

「なにっ？」

横手から声を荒げてきたのは、二十一歳の阿部駿河守のほうである。

「判らぬとは、どういうことだ！　そなた、おのれが幕府の目付筆頭であるのを笠に着て、我らを軽んじておるのか？」

「さようなことはございませぬ。ただ、いまだ判りませぬゆえ、判らぬと申しておりますだけでございまして」

「貴様……！」

二十一歳の阿部駿河守は、今にもこちらを斬って捨てようというばかりの、にらみようである。

だが十左衛門とて、いっこう怯むものではない。

「こたびが一件は、まことにもって難しゅうございまする。幕府の法に照らせば不義、されども人倫に相照らせば、まさしく正義でございますゆえ」

「なれば……！」

「いえ、駿河守さま」

大名の駿河守を押しとめて、十左衛門は凛として言い放った。

「この正義と不義、どちらを重く相採りますかは人それぞれ、筆頭の私一人が決められる訳のものではございませぬ。この一件、目付部屋にて合議にかけ、しかしてその結果を目付十人の総意といたしまして、常のごと若年寄方へ上申いたしとう存じまする」

「………」

きっぱりと言われて答えようもなく、駿河守はただ悔しそうに唇を噛んでいる。

するとそれまで黙って聞いていた香坂丹波守が、穏やかに言ってきた。

「十左衛門。そなた、昔と変わらぬな」

「丹波守さま……」

昔聞いたままの丹波守のその声に思わず気が緩みそうになって、十左衛門は急いで口を閉じ、目を伏せた。

そんな十左衛門を何と思っているものか、丹波守はしばしこちらを眺めていたようだったが、やがて静かに話し始めた。

「わしが文など落としたばかりに、かような次第となり、『せめてもの駿河守さまへの申し訳に、腹かっさばいて』と、そう思った次第であったが、先ほどそなたが来るより前に、改めてお詫びを申しあげ、お許しもいただいた。この先、評定にかかった際には、何としても佐貫藩だけはお残しいただけるよう、わしはこの傷腹を懸けてでも、上様にお願い申し上げるつもりだ」

「丹波どの……」

駿河守も、もうそれ以上は言葉が出ずに、じっと目を伏せている。

十左衛門も、思わずぎゅっと目を閉じるのだった。

八

十左衛門が香坂丹波守と初めて会ったのは、まだ目付になって一年の、二十四歳の頃である。

当時、十左衛門は目付としてはかなりの若年であり、他の九人の先輩目付たちは、十も二十も年上の経験豊富な目付たちばかりであった。

だがそんなひよっこ扱いをされている最中に、ある案件で、十左衛門は目付として、頑として自分が「正義」と信じる判断を押し通したのだ。

大番方の番士と、寄合旗本との間に起きた刃傷沙汰の一件である。

若い大身旗本が無役で暇を持て余しているのをいいことに、町場に出て酒を飲み、泥酔し、通りかかった町娘に不当にからんでいるところを、非番であった壮年の大番士が見かけて説諭し、娘を男の手から助けて、逃がしてやったのである。

その一連に激怒した大身旗本が、町場の路上で先に刀を抜き払い、娘と自分を守るためにこちらも抜刀した大番士と、斬り合いになったのだ。

幸いにも町場の者に怪我はなく、大番士と旗本も命を落とすまでには至らずに済んだのだが、この旗本が家禄七千石の譜代の名家であり、一方の大番士が役高二百俵の平番士にすぎなかったことが、一件を面倒なものにした。

「同じ説諭をするのでも、いま少し、旗本に恥をかかせぬような別の言いようがあったのではないか」

と、老中方や若年寄方から物言いが入ったのだ。

その圧力を、他の先輩目付たちが「よろしからず」と思いながらも撥ね返しきれずにいた時に、この案件の担当になっていた若い十左衛門が、ただ一人「否」と申し立てた。

大番士が現場を見た時には、すで娘は辱めを受けかけており、そんな余裕などなかったと、町場の町人たちからの証言を自ら集めて、見事に大番士を守り抜いてやったのである。

その大番士は香坂丹波守の組下の者ではなかったが、丹波守はその事件で「妹尾十左衛門」という若手の目付の存在を知って声をかけ、

「よう道理を通してくれた。こちらも心して大番方を相務めるつもりであるが、万が一にも怠慢の気を見かけた際には、遠慮なく正してくれ」

と、正々堂々、十左衛門の目を真っ直ぐに見て笑ってくれたのである。

そんな昔を思い出して、今、十左衛門は阿部家の屋敷から自分の家に戻ってきて、一人、酒を飲んでいた。

夜もだいぶ更けているゆえ、路之介をはじめ用人や若党らには、すでに休みを取るよう申しつけてある。十左衛門の酒の相手をしてくれているのは、愛猫の八だけで、八は今、十左衛門の横手に敷いた座布団の上で丸くなって目をつぶっていた。

「………」

やはり、思わずため息が出た。

明日にはこの香坂丹波守の一件を、さっそくにも合議せねばならない。

あの遠い二十年前の昔、まだ丹波守も三十八であったあの昔に、「遠慮なく正してくれ」とそう言ってくれたあの言葉が、こんな形で返ってくることになるとは夢にも思ったことはなく、十左衛門はたまらない気持ちであった。

八はもう、すっかり寝入っているらしく、指の先で頭をそっと撫でてやっても、尻尾も動かさない。

酒も今夜は、どうにも美味くはないのだが、さりとて手酌を止めることもできない。

十左衛門は八と二人、長い夜を過ごすのだった。

九

　翌日の目付部屋での合議は、十左衛門が覚悟していた通りに、紛糾した。

「いや、小原さま。それでは我ら目付方の道理にはあいませぬ！」

「されど、荻生どの。武士として、受けた恩義を返さんといたすのは、道義ぞ。その一点は、決して軽んじる訳にはいかぬ」

「いえ。道義はまた別のこと……。まずは所領を無断で貸借いたしたそのことの是非を問わねばなりませぬ。ですから……」

「荻生どのはお若い！　いまだ情というものがお判りになってはおらぬようだ」

「…………！」

　と、目付のなかではまだ二十八歳と若手の荻生が、バッと顔色を変えたところで、十左衛門が話を引き取った。

「いや小原どの。まさしくその『情』というのが、こたびの難儀なところなのでござるよ。荻生どのとて、あの両家に情をかけてやりたいのは山々でござろう。されど所領の貸借といえば、上様への不忠にも繋がる大事ゆえ、そこが……」

「私も、荻生どののおっしゃるほうに賛同をいたしまする」

十左衛門の話に割り込むようにして言ってきたのは、目付のなかでは中堅どころで三十四歳の清川（きよかわ）である。

「そも『受けた恩義を返したい』と申すのであれば、所領一村の形で返すのではなく、はっきりと金子（きんす）の形で、佐賀藩に支援いたせばよかったのです。さすればこんな、家の存続を揺るがすような事態にならずに済んだはずで……」

「ふ……」

と、鼻で笑って、清川の熱弁に茶々を入れたのは、皮肉屋の西根五十五郎（にしねいそごろう）である。

「佐賀藩がいくら小藩とはいえ、旗本ごときが大名家に支援するなど、できる訳がなかろう。出過ぎた真似にならぬよう、昔の恩を口実に、恩を受けたその一村のみをお貸しすると、うまく道理を立てたのだ。その道理がなくば、佐賀藩とて、一介の旗本の情けなど受けるものか」

「たしかに、さようなことでございましょうな……」

そう言ってうなずいたのは、赤堀小太郎である。赤堀は更に続けて、こう言った。

「その道理の美しさゆえに、丹波守さまも、駿河守さまも、酔うてしまわれたのやもしれませぬ。美談に酔うているうちに、所領の貸借ということの空恐ろしさを感じられぬようになられていたか……」

「なるほど。さようなところが、まずは実際でありましょうな」

大きくうなずいているのは、四十一歳の佐竹(さたけ)である。佐竹は普段、幕府経理の監査ばかりで、合議の席でもあまり意見は言わないのだが、めずらしく黙っていられなくなったようだった。

「ご筆頭、どうでございましょう？　この美談は上つ方の皆々さまにも、なかなかに通ずる話ではござりませぬかと……」

「いや、佐竹さま。拙者も実に、今そのことを思うており申した」

いささか調子よく相槌を打ってきたのは、三十九歳の蜂谷(はちや)である。

その蜂谷を横目に見るようにして、またも西根が小さく鼻で笑ったが、蜂谷は気づかなかったようだった。

それを見越して、十左衛門はまた、話を自分に引き取った。

「稲葉(いなば)どの、桐野(きりの)どの、お二方はどうだ？　何ぞ、おっしゃりたきことなど……」

十左衛門が、まだ一言も意見を言わない稲葉と桐野に話を振ると、先輩の稲葉が何も答えそうにないのを見て取って、桐野が口を開いた。

「申し訳ございませぬ」

いきなり謝ってきた桐野は一番の新参で、まだ二十五歳である。

「我ながら情けなくはございますのですが、どこをどう考えましても、おのれ自身、納得のいく正解（こたえ）が見つかりませぬ。目付として、人間（ひと）として、何をもって何の正義を守らねばならないものか……」

桐野がしごく正直にそう言うと、目付部屋のなかは、急にしんと静かになってしまった。さすがに西根も冷やかす様子もなく、神妙に目を伏せている。

すると何も言わぬかと思われていた稲葉が、おもむろに口を開いた。

「私もその『情けない一人』でございまして……」

この稲葉は三十三歳と、歳はまだ若手に入ろうというあたりだが、判断力の的確さも人柄の誠実さも目付のなかでは群を抜いていて、実に頼りになる男なのである。

その稲葉徹太郎（てつたろう）が、やはり鋭く場を読んで、収めにかかってきた。

「ご筆頭。やはりこの所領貸借の一件は、上様が御裁断を仰ぐよりほか、ないのではございませんでしょうか」

稲葉はそうしていざ口を利き始めると、自分でも腹が据わったようだった。

「おそらくは、我ら目付方ばかりではなく、若年寄やご老中方の皆々さまも、お手をお付けにならぬやもしれませぬ。こたびばかりは、両家の沙汰のことには触れず、事実だけをご報告なされてましては……」

そう言って、筆頭の自分を真っ直ぐに見つめてきた稲葉に、十左衛門は苦笑いでうなずいて見せた。

「いや、実にそうなのだ」

正直な苦笑いで、十左衛門は先を続けた。

「実はな、昨夜、阿部家の屋敷より家に戻って、猫を相手に、さんざんに自棄酒をいたしたのだ。ご両家のお心持ちがいくら清く美しゅうても、所領のことに我ら目付は口出しはできぬ。そのことが悔しゅうて、悔しゅうて、今日ここで合議の名を借りて、皆に重荷を一緒に背負うてもらったという訳だ」

「ご筆頭……」

小さくそう言ったのは、稲葉だけではない。皆一応に、ともに心を痛めていた。

そうしてその後の合議は、両家を恐喝していた表坊主の杉内庄源の話に移り、庄源は御家断絶の上、島流しに、庄源の使いとなってはいたが、良心を忘れなかった村井富蔵については、屹度叱りの上、三十日間の遠慮が相当と、話が決まったのであった。

「なれば、十左よ。目付方では、こたびは仔細の報告のみに上申をおさえると申すのだな?」

十左衛門に、そう念押しをしたのは、若年寄の小出信濃守である。

今年六十歳のこの小出信濃守とは、もう十八年は前からの長い付き合いである。目付方の直属の上司として、信濃守は、何かと筆頭の十左衛門自身や目付方全体を庇ってくれている、器の大きい人物であった。

十左衛門は、この小出信濃守にだけは、少しく甘えることができた。

「信濃守さま、一つ、お願いの儀がございますのですが……」

「ん?」

と、身を乗り出しかけた小出信濃守が、慌てて手を横に振りながら、十左衛門から距離を取った。

「くわばら、くわばら……。そなたの願いの儀など、空恐ろしゅうてたまらぬわ」

半ばは、わざと明るく振舞ってくれているのだろう。

今日はこの会談の席に着いた時から、十左衛門がいつになく暗い表情をしていることに、小出信濃守は気づいてくれていたようだった。

「だがまあ、おぬしの尻拭いなど、とうに慣れておるわ。よいから、申せ」

「有難き幸せに存じまする」

十左衛門は居住まいを正して、改めて平伏すると、いつになく懇願するように言い始めた。

「どうか、あの『びゃくがくんだ』という昔話を、上様によろしゅうお話しくださりませ。領民を守り、大事にいたしますのは、何よりの武士としての職分でございましょう。あれほどに領民に好かれている領主たちを、私は他に存じ上げませぬ。どうか、どうか、その領民の思いのほどを……」

小出信濃守の前から辞して、十左衛門は目付部屋へと城の廊下を辿っていた。

さっき信濃守は、「うむ……」と返事を返してはくれたが、その声は決して、いつものような力強いものではなかった。

この先、この一件は評定所での取り扱いになり、老中に、寺社・町・勘定の三奉行と、大目付や自分ら目付までが出席しての審議となろう。

その際には、むろん佐貫藩の阿部駿河守と香坂丹波守の両人も呼ばれて、じっくりと話を聞くことになるであろうが、おそらくはその評定の場でも「仔細を聞く」というだけにとどまり、両家への処分の話は出ないであろう。

両家の処罰には、上様以外、何人(なんぴと)たりとも口を挟める訳がないのだ。

ただこの一件の仔細が老中方から上様へと伝えられるその時に、あの昔話を、是非にもしっかりと挿し入れて欲しいと、十左衛門は、今そればかりを繰り返し、祈っていた。

『びゃく』が『くんで』六十年経つあの村が、ああして明るく、自分たちの領主や隣国を掛け値なしに好きでいられる奇跡を、どうかそのままの形で上様にお伝えして欲しい。

心が晴れぬままに、十左衛門は目付部屋へ向けて歩き続けるのだった。

第三話 炎夏

一

宿直明けの、夏の早朝のことである。

十左衛門は目付仲間の佐竹と二人、宿直の番で、昨夜は目付部屋の二階に布団を並べて寝たのだが、どうやら何ぞ悪いものでも口にしたらしく、一晩中ぐりぐりと腹痛が続いて、幾度も厠に駆け込んだりと、本当に大変だった。

それでも朝が近づくにつれて次第に落ち着き、いつものように宿直明けの身を清めるために湯浴みを終えると、汗だくだった身体がさっぱりとしたせいか、痛みはきれいに去っていた。

佐竹と二人、今は本丸御殿のなかにある役人用の『表台所』の小座敷にいて、これから賄いの朝食をいただくところである。

前に出された膳の上には、いつの炊きたてだか判らないような固まった白飯と味噌汁、野菜と油揚げを煮たものに、糠漬けの瓜が並んでいた。

「ご筆頭、やはり粥でも頼んだほうがよろしいのではございませんか？　ちと私、奥に頼んでまいりましょうか？」

「いや、粥でなくとも大丈夫だ。すまぬな、佐竹どの。昨夜は寝た気がせんかったろう？　この暑さの上に寝て無うて、佐竹どのこそ大丈夫でござろうか」

「私は、ほれ、まだ若うございますから」

「ははは」

　この底抜けに気の好い佐竹甚右衛門康高は、そうは言っても十左衛門よりたった三つ年下なだけの、四十一歳である。

　もともとは勘定方の出身で、幕府会計の監査役といえる『勘定吟味役』を務めていたこともあり、目付方の仕事のなかでも経理の知識がないと務まらない『勝手掛』に就いてもらっている。

　筆頭の自分を含め、佐竹以外の目付たちは、『御勝手（幕府経理）』には暗いため、いつも佐竹にたった一人で担わせていて、筆頭として十左衛門は、有難くも申し訳なく思っていた。

　とはいえ佐竹自身はざっくばらんで、今のように冗談も言う性質なので、いざこうして一緒にいると、気が置けず、愉しい。

「ご筆頭。この汁の菜は、一体、何でございましょうか？」

　今も佐竹はそう言いながら、味噌汁のにごりのなかから、菜っ葉の千切れたようなのを、箸でつまんで見せてきた。

「おう。それよ」

　応じて十左衛門も味噌汁のなかを探って、具の豆腐の間から、菜っ葉のみじんになったのを捕まえて、改めて口に入れてみた。

「うむ。やはり何かは判らんな。ちと苦いか？」

「はい……。泳ぐほどしか入っておらず、幸いにござりましたな」

　冗談めかした本音に笑い合いながら朝餉を終え、二人は目付部屋へと帰ってきた。

　目付の宿直番は夕方の七ツ刻（午後四時頃）に登城して、夜はそのまま目付部屋に泊まり込み、城内に変事があれば直ちに出向いて、対処することになっている。

　翌朝の明け六ツ（朝六時頃）には、その日の当番目付二人が登城してきて、城内の管理監督役を交替してくれるのだが、だからといって、それで非番になる訳ではなく、いつもの通り夕刻までは、自分の担当する案件に立ち働くのである。

十左衛門と佐竹の二人も朝食を終えて戻ってきた目付部屋で、今日の当番である稲葉と荻生に引き継ぎをするため、昨夜の城内の様子を報告していたのだが、その話の途中で、「うっ」と十左衛門は急に吐き気が込み上げてきて、驚く皆を尻目にあわてて厠へ駆け込んだ。

やはりまだ本調子ではなかったのであろうか、腹もぐりぐりと痛み出していたが、何よりとにかく吐き気のほうがひどくて、たまらない。ゲーゲーと一人で苦しんでいると、厠の外から稲葉の声が聞こえてきた。

「ご筆頭。大丈夫でございますか？」

「……ああ、いや……うっ」

返事をしようとする傍から次々と吐き気が込み上げてきて、どうにもなるものではない。

「荻生どのが、今、御番の医師を呼んでおります。ほどなくまいりますので、いま少しのご辛抱を……」

外から励ましてきた稲葉が、続けて言ってきた。

「実は今、佐竹さまも、ご筆頭と同様にお苦しみなのでございます。台所の賄いに、何ぞあったのやもしれませぬ。お付き添いができずに申し訳ございませんが、私、食あたりが広がらぬよう、台所を止めてまいりまする」

「ああ……頼む……」

「はっ」

返事をしてきた稲葉の足音は、あっという間に遠ざかっていった。

あの稲葉徹太郎兼道(かねみち)という男は、まだ三十三歳と十人いる目付のなかでは若いほうであるのだが、機転も利いて、情もあり、責任感も人望もあり、本当に頼りになる。

厠のなか、十左衛門は苦しみながらも、早くも賄いの何が悪かったものか、懸命にたどり始めるのだった。

二

将軍家以外の急病人を診る『表番(おもてばん)医師』は、三十人くらいいる。

この三十人が半分に分かれ、一日ずつの交替で、本丸御殿内の『医師溜(だまり)』と呼ばれる大座敷に待機していた。

御殿内に病人や怪我人が出ると、ここに駆け込んで治療してもらうのだが、今回のように往診に来てもらうこともある。この医師溜は目付部屋からは近いため、荻生に呼ばれて、すぐに表番医師が二人、駆けつけてきてくれた。

腹のなかが空っぽになったのか、ようやく厠から出てくることはできたのだが、腰が抜けたように足が萎えてしまっていて、思うように歩けない。医者と荻生に両脇から支えてもらい、十左衛門はようやく目付部屋に戻ってきた。

荻生か稲葉が命じておいてくれたのであろう。目付部屋の一階の奥には布団が二つ敷かれていて、その片方には、すでに佐竹が寝かされていた。

「ご筆頭……」

力なく声をかけてきた佐竹にうなずいて見せながら、十左衛門も荻生や医者の助けを借りて、佐竹の隣に横になった。

横になるのを待ち構えていたかのように、番医師の一人が十左衛門の脈を取り、目や舌や、腹の張り具合など確かめ始めた。そうして一通り診察を終えると、番医師は断言した。

「やはり何かにあたったものにございましょう」

「さようにござるか」

十左衛門が佐竹と顔を見合わせてそう言うと、番医師は「はい」と、大きくうなずいた。

「佐竹さまとご同様、御脈（おみやく）のほうが、少しく弱くなっておられるようにございますので、やはり同じものにあたられたものかと……。すぐに薬を調合し、お届けにまいりますので、しばしお待ちのほどを……」

「かたじけない。手間をかける」

「とんでもございません。では……」

　番医師が目付部屋を出ていくと、横でさっそく、佐竹がこう言ってきた。

「ご筆頭。あの汁の菜にございましょうか？」

「うむ。何やら嫌な味であったな」

「はい……」

　と、二人で話し始めるやいなや、荻生が枕元に飛びついてきた。

「汁というのは、味噌汁にございますか？」

「ああ」

　勢い込んだ荻生に答えて、十左衛門はうなずいた。

「まあ、いつものように、豆腐の汁ではあったのだが……」

「で、『菜』とおっしゃいますのは？」

荻生は答えを急かすように、枕元の上から圧しかかって訊いてくる。

するとその圧迫から十左衛門を庇って、横から佐竹が荻生の問いに答えてくれた。

「いや、荻生どの。判らんのだ。汁の具というには、あまりにこう、みじんに千切れて、形も無うなっておってな」

「さような菜が、それほどにあたるのでございましょうか……」

荻生は真面目で頭の回転もよい男だが、嘘のない分、世辞も言わぬし、こうして納得できぬ内容には容赦がない。今も先輩格の佐竹や、筆頭の十左衛門の予想を撥ね除けて、こう言ってきた。

「豆腐が悪かったのではございませんか？『あたる』となれば、菜のごときものよりは、豆腐のほうが多いかと」

「いや……」

と、十左衛門はまた会話を引き受けて、荻生に説明した。

「小指の爪の先とないほどに、みじんになっておったというのに、何ともこう、妙に苦かったのだ。今思えば、あの干からびたような苦さは、生薬の一種やもしれぬ」

「薬、にございますか……」

荻生は一気に顔つきを険しくした。

「なれば『台所方』の不注意で出たものではなく、誰ぞが意図していたしたということで……。私、急ぎ稲葉どのと合流し、台所方にて調べてまいりまする」

「うむ。この後、仔細がきっちりと判るまでは、賄いはすべて差し止めにせねばならぬ。そちらがほうも、手配を頼む」

「心得ました」

十左衛門ら二人に頭を下げると、荻生は急ぎ目付部屋を出ていった。

「いや、ご筆頭。大変なことになりましたな」

「うむ……」

これがただの食あたりではなく、誰かが悪意で何かの毒を入れたのだとしたら、本当に大変なことである。

気になって気になって、今すぐにでも荻生のあとを追って見に行きたいところだが、手も足も萎(な)えきって、身体は重く、どこまでも沈んでいくようである。

十左衛門は歯痒さに、悶々とするのだった。

三

幕府では、登城してきた大名や旗本たちに折々食事を賜(たまわ)るため、本丸御殿内の一画に台所を設備している。

ここで調理に働く役方を『表台所方』といい、役高・二百俵の『表台所頭(がしら)』三名を長官に、役高・百俵四人扶持の『表台所組頭』四名、その下に役高・四十俵の『表台所人』が六十八名いた。

実際に調理をするのは、表台所人たちである。その台所人らを指揮して、四人の組頭も交替で台所に立ち、本丸御殿内に勤める諸役人の日々の賄い食を用意していた。

とはいえ城勤めにはさまざま役職があり、たとえば十左衛門ら目付方のように、役方によっては急に外出しなければならない者も多々いるから、城勤めの役人全員の分を毎日毎回すべて作って出す訳ではない。

それでも毎日、朝・昼・夜と、数十人から数百人分を、表台所方の者たちで用意していた。

こうして幕府が城内に勤める役人たちに賄いの食事を出すようになったのは、八代将軍・吉宗公の頃からだそうである。

それ以前、城勤めの者たちは各自弁当を持参していたそうなのだが、「自由に何でも持ってきていい」となると、酒まで持ってくる者や、上役のために豪華な弁当を持参して、その饗応で自分の評価を上げようと画策する者までが現れて、仕事場の士気が著しく下がり、そうした悪弊を断つために、表台所方で賄い食を作るようになったのだという。

今朝の賄いを作った表台所人は十一名で、それを指揮監督したのは組頭の一人で、四十一歳の内海靖兵衛(うつみやすべえ)という者だったそうである。

稲葉の指示で、すでに表台所はすべての作業が止まっていて、内海をはじめとしたその十二名は台所の一隅に集められ、稲葉と荻生の二人から、さまざまに質問されている最中であった。

「では、今朝の味噌汁には、豆腐きりしか入れておらぬというのだな？」

眼光鋭く、半ば威嚇するようにして荻生が訊ねると、「はい」と組頭の内海靖兵衛は、返事をした。

「今朝の仕入れに青菜のようなものはございませんでした。昨日ならございましたが、いっさい残ってはおりませんので」

組頭の内海はきっぱりとそう言って、荻生の威嚇を撥ねつけている。

それというのも大鍋に残っていた味噌汁は、すでに検査が済んでいて、十左衛門らが見たような菜っ葉の類いは出てこなかったのである。

「だが、たしかにご筆頭も佐竹さまも、小指の爪の先ほどの苦い菜をご覧になられたというのだぞ。そなた、それを『偽り(いつわ)』と申すか?」

「とんでもございません、さようなことは……。ですが……」

「まだ申すか!」

内海の反論を撥ね除けて、荻生は重ねた。

「我ら目付方ばかりではない。『小姓衆(こしょうしゅう)』の前島夕之進(まえじまゆうのしん)や片野康二郎(かたのこうじろう)、『小納戸衆(こなんどしゅう)』の小谷誠太郎(こたにせいたろう)も、『汁の菜が苦かった』と申して、具合を悪うしておるのだぞ。この事実を何とする?」

「ですが、汁には青菜など……」

そう言って、内海がまだ喰い下がろうとした時だった。

「荻生どの!」

遠くから、大きく声をかけてきたのは、稲葉徹太郎である。

「生薬(きぐすり)らしきものがござった。味噌のなかでござる」

「えっ？」

「まことでございますか！」

荻生よりも先に、内海や他の台所人たちが反応して、皆で稲葉のいる味噌樽のほうへと駆け寄っていく。

その皆を追いかけるような形で、荻生も稲葉のもとに駆けつけた。

「味噌のなかにございましたか！」

悪いものの在り処が見つかって喜んでいる荻生に、稲葉はうなずいて見せた。

「いやな、もしやしてと思うて、ちと探してみたのだが……」

稲葉が見せてきたのは、全面に味噌が厚塗りされた大皿である。その味噌の一部を指先でつまみ取ると、稲葉はそれを自分の左手の甲の上で、薄く伸ばした。

「ご筆頭のおっしゃった『汁の菜』というのは、これでござろう」

皆が顔を近づけて見つめる先、稲葉の手の甲には、味噌にまみれた干からびた草の破片がたしかにある。

「おお！」

「ですが、内海さま、何ゆえ味噌に……」

「うむ……」

小さく言い交わしているのは、組頭の内海と台所方の者たちである。

その様子を鋭く観察しながらも、稲葉は説明を始めた。

「今はまだ、上のほうしか確かめておらぬのだが……」

少し前から稲葉は聴取を荻生に任せて、自分は一人、台所の一画にある石畳敷きの食材置き場で、味噌を調べていたそうである。大樽に詰められている味噌を、木杓子で少しずつ大皿に移しては伸ばし広げて、味噌のなかに異物が仕込まれていないか、根気よく探したのだ。

「このあたりにまとまっていたのであろう。最初のうちは『竈の煤か』と思うたが、やはり草であったな」

稲葉が懐紙になすりつけて取ってあった味噌のなかの異物は、五つ、六つあるようだったが、なるほどどれも竈の煤といってもいいような、胡麻粒ほどの黒褐色のものである。今さっき稲葉が大皿から拾い出した異物が、初めて「乾いた草のようなもの」と認識できる代物だった。

「この樽には、通常、蓋はしておらぬのか？」

咎めるように横手から訊ねたのは、荻生朔之助である。鋭い問いに、組頭の内海は縮み上がった。

「はい……。どうしても味噌は毎食使いますので、蓋をせずとも、たいして乾きもしませんもので、ついこのままに……」

「なれば必定、容易に細工できるということか」

「…………」

荻生に言われて、責任を問われかねない内海は言葉もなく、青白くなっている。

と、その沈黙を破って、稲葉が言った。

「台所は我らがような他役の者も賄いを喰いに来るゆえ、そなたら台所方でなくとも、この傍まで来られような」

そう言って味噌樽の腹をコンコンと叩いて見せた稲葉に、すかさず組頭の内海が応じた。

「はい」

自分らだけに疑いがかけられている訳ではないと思ったのであろう。内海ら台所方の者たちは、表情をやわらかくして顔を見合わせていた。

「稲葉さま、私、申し上げたき儀がござりまする」

荻生が不機嫌を丸出しにしてそう言ったのは、味噌の残りを配下の徒目付に命じて回収させ、その味噌樽とともに、とりあえず二人が台所を後にした廊下でのことだった。

「…………？」

何事かと、稲葉が目を丸くして振り返ると、荻生は荻生らしく、真っ直ぐに意見してきた。

「先ほどは何ゆえにかようなことを……。ご辣腕（らつわん）の稲葉さまとも思えませぬ。あれは甘すぎるのではございませんか？」

「『甘すぎる』とは、拙者が今、内海らに言うてきたことでござるか？」

「はい。あれではまるで『致し方なきこと』として、台所方には大した非もなきかのごときおっしゃりようで……」

見れば、荻生は役者のように整ったその顔を、はっきりとふくれっ面にして、黙り込んでいる。

荻生がこうして目付十人のうちでも取り立てて男ぶりがいいのは、目付に就く前の役職が、上様の側近である『小納戸』だったからである。

側近は、上様の御前で見苦しさや粗相のないよう、見目がよく、真面目で、機転の利く、いわゆる「出来のよい者」が選ばれるのだが、この二十八歳の荻生朔之助光伴（みつとも）

も、側近であったことを誇りに思っている風があり、なかなかに気難しい。

意見があれば、今のように歯に衣を着せずにはっきりと言ってくるし、世辞らしいことはいっさい言わず、こと冗談に至っては、赤堀や佐竹あたりの軽口を聞いているのも嫌な様子である。

だが稲葉は「ご筆頭」の十左衛門から、この荻生の目付としての美点が、真面目さや頭の良さだけではないことを聞き知っていた。

荻生は見た目の凜(りん)とした感じや、他人(ひと)とつるまず一匹狼でいるところから、「冷淡で情のない男」と思われがちだが、正義感が強い分だけ根は熱く、見て見ぬふりができない分だけお節介で、存外に可愛げのある性質(たち)なのだ。

そんな話を、以前「ご筆頭」と二人でしたことを思い出して、稲葉は笑顔が出そうになった。

だがこんな風に批判を受けている最中に、よりにもよって笑顔など見せようものなら、荻生は烈火のごとく怒り出すに違いない。

慎重に、稲葉は神妙な面持ちを作って、荻生を振り返った。

「ああしてちと油断をさせて、何ぞ動きかあるものか、橘に頼んで手を集め、探ろうと思うておるのだ」

「さようでございましたか」

荻生は納得したらしく、機嫌のよい顔になった。

今、稲葉が名を挙げた橘斗三郎は、四人いる徒目付組頭のなかでも、まず一番に有能であろうと思われる者である。人望もあり、配下の平の徒目付や小人目付たちにも慕われているゆえ、こうした難しい探りを頼むには、やはり橘が安心できる。

三十六歳のこの橘斗三郎は、十左衛門の亡き妻・与野の弟であるのだが、橘自身はそのことを別にどうとも思わずにいるようで、何とも自然なその感じが、つい周囲の者たちにも「橘がご筆頭の義弟であること」を忘れさせて、配下としての使いづらさは皆無であった。

「では私、このまま橘を探して、呼んでまいりまする」

言うが早いか、荻生は、徒目付や小人目付たちの詰所である『御目付方御用所』に向けて、廊下の先を曲がっていく。

稲葉も、まずはここまでのご報告をせねばと、十左衛門や佐竹の待つ目付部屋へと急ぐのだった。

四

徒目付組頭の橘斗三郎に、稲葉が命じた「探り」は、以下のようなものである。

まずは組頭の内海やあの時の台所人たちをはじめとした、表台所方の役人すべての身辺を調査して、台所で賄い食をとる者の誰かに恨みを抱いている人物はいないかを調べること。

またそれとは別に、城中で使う食材の仕入れを担当している『賄方（まかないかた）』のほうにも探りを入れさせた。

賄方は、役高・二百俵の『賄頭（がしら）』三名を長官に、役高・七十俵五人扶持の『賄組頭』が七名と、その配下に役高・二十俵二人扶持の平（ひら）の『賄方』が百二十名もいる。

このなかで味噌の仕入れに関わっている者らは誰か、またそのなかに、あの朝食を食べる予定のあった人物に恨みを抱いている者はいないか、そちらの方面のほうからも調べを進めてもらったのである。

だがいっこう、それらしき怪しい人物は出てこない。

それゆえ稲葉と荻生、橘斗三郎の三人は、次の一手を考えて、台所方・賄方の役人や、賄い食を食べに来る他の役方の者たち全員を聴取してみることにした。

味噌に毒草が混ぜられたのは、あの事件の前日の昼から、当日の朝までの間と、おおよその見当はついている。

前日の朝と昼の賄いにも味噌汁はついていて、だが、まだその時には誰一人として体調を崩す者はいなかったからである。夜食の時については、汁物は味噌汁ではなく、醤油の吸い物であったという。

それゆえ聴取は、「あの事件の前日の昼以降に、表台所に入ったかどうか」を中心に進められた。

もし入ったなら、それは何刻頃で、何をしに、誰と一緒に台所に足を踏み入れたのか。またその際に、台所で不審な者を見かけたり、不審な物音を耳にしたりはしなかったかについても、丁寧に訊き取りを続けていった。

表台所方の役人は、頭、組頭、台所人だけでも七十五人もいる。だがそれに加えて、台所人の下に『表台所小間遣』という食器洗いや下ごしらえなどの雑用をする下役たちが、百三十七人もいるのだ。

またさらに食材の管理や供給を担っている賄方にいたっては、下働きや食材運びの者たちまで含めると、実に七百五十人を越えていた。

その上に、賄いを食べに来るさまざまな役方の者たちが足されていくものだから、本当にとんでもない人数になる。

むろん、その一人ずつに相対して話を聞く訳ではなかったが、役方ごとにまとめて聴取を済ませようと、それぞれの詰所へ聞き込みに行っても、非番で出勤していない者も多数あり、そうした者を訪ねて幾度も足を運んだりと、大変な調査になった。

だが、その斗三郎や配下たちの涙ぐましいほどの努力で、はっきり証明されたのは、たとえ昼日中であっても、根気よく機会さえ窺えば、人目を盗んで味噌樽に近づき、味噌の一部に毒草を混ぜることなど、どの役方の誰にでもできる、ということであった。

そうして「犯人を動機の面から推測する」という方法も、現実的には無理であるということも判ってしまった。

聴取されれば嘘をつくに決まっている犯人を、何の目星もないのに、千人以上もの男たちのなかから搾り出すことなど、所詮、不可能だったのである。

「回収をいたしました味噌のほうなのでございますが、あの大樽一杯をすり潰すようにして確かめましても、あの後はわずかに三粒、草とも判らぬような欠片が見つかったのみにてございました」

斗三郎が最後に報告したのは、味噌のなかの毒についてである。

今ここは目付方の下部屋で、稲葉と荻生のほかにも、十左衛門や佐竹も顔を出しての、話し合いの最中であった。

「なれば、やはり稲葉どのの予想の通り、味噌樽の上から毒草をみじんにした粉でも振りかけ、目立たぬように杓子か何ぞで混ぜ込んだものであろうな」

そう言った十左衛門に、「さようでございますな」と佐竹も大きくうなずいた。

「その上っ面を、ものの見事に我らが喰うてしもうたという訳で」

「まことにな……」

佐竹と二人、顔を見合わせて、十左衛門は苦笑した。

汁の菜にあたった二人は、あの後も手足が萎えて動けず、駕籠を呼んで自分の屋敷に帰れるまでになったのは、夜に近くなってからのことだった。

それでも翌朝には、十左衛門は青白い顔色ながらも登城してきて、稲葉や荻生から報告を受けていたし、佐竹も翌日には戻ってきて、あの賄いを同様に食した小姓や小納戸たちも無事に復調したという。

だがそうして、勤めに戻ってきた側近たちに聞き込みをして判ったことは、前日の夜食の時点ですでに、味噌は毒入りになっていたのではないかということだった。

前夜の賄いで味噌が使われていた料理は、一品だけ、湯掻いた茄子に胡瓜や茗荷を加えて酢味噌で和えた和え物である。

その和え物は、手の平ほどの大きさもない小鉢に盛り付けられていたのだが、十左衛門はそれを平らげ、佐竹は手をつけなかった。もとより佐竹は酢味噌の味が苦手だったからである。

この目付二人の差と同様のことが、実は側近たちの間でも起こっていて、和え物を平らげてしまった者は、十左衛門と同様に、前夜すでに軽い下痢や腹痛に悩まされ、「万が一にも上様に病を移しては大変だから」と、その晩は途中で勤めを非番にされて、別の者が交替で宿直番に就いたのである。

そうして翌朝、交替で出てきた者を含めた三人が、今度はたっぷり味噌汁の形で飲まされて、十左衛門や佐竹と同じ目にあったということだった。

「御番医師らの考えも、同様にございました」

しゃべり始めたのは、今度は稲葉である。

「和え物を食した者と食さぬ者とで、これほどに、はっきり具合に差が出たのでございますから、やはり和え物で味噌を使った時には、すでに毒草が入っていたに違いないと」

「さようさな……」

朝の味噌汁ばかりか前夜の和え物まで平らげたと思うと、十左衛門はいささか情けない気持ちになったが、仕方ない。犯人の目星となるものが見つからない今、毒草が何か少しでも手がかりになればと、十左衛門は稲葉に訊ねた。

「して、毒草の正体は判ったか？」

「それが……」

訊かれて稲葉が、今度は冴えない顔になった。

味噌のなかから見事、毒草らしき異物を探し出した稲葉は、あの後すぐに番医師が集まっている医師溜に異物を持ち込み、何であるかを調べてもらっていたのである。

だが、あまりに細かすぎて草の形状が判らない上に、味噌にまみれて匂いも消えてしまっていたため、どんな毒草であったのか、結局は判らなかった。

そんな八方ふさがりな状況のなかで、今日、老中方から通達があったのは、表台所での賄いの再開である。

あの朝食以来、表台所は、目付方の人間の他はいっさいの立ち入りが禁止され、当然、役人への賄い食も作られていなかったが、すでに十日が経ち、賄いの代わりに弁当を持参してくる者たちが、どことなく浮き足立って、やけににぎやかに食事を取っている光景が、どうやら老中や若年寄ら上方（うえかた）の目にも入ったようだった。

味噌も塩も砂糖も醤油も、台所方で使いさして、すでに封が開いていたものは、すべて廃棄処分になっている。

夏のことゆえ野菜や魚などの生鮮品も残っていたものは処分済みで、すべて今回、新しく入ってきたものだから、すでに毒の入れられている食材はないはずである。

明日の昼より、以前のように賄いを始めるゆえ、毒を入れた不届き者が捕まるまでの間、目付方にて昼夜交替で台所に見張りをつけてくれと、今朝、十左衛門は老中方より、そう命じられてきたのである。

十左衛門がその通達の事実を報告すると、

「いまだ目星もつきませぬのに、見切りで台所を開けるなど、剣呑（けんのん）というものでございましょう」

と、さっそく荻生が嚙みついてきた。

「ご筆頭らしくもございません。『開けることなどできませぬ』と、ぴしゃりとお断りをなされればよかったのです」

「いや、荻生どの。それは違う」

十左衛門が答えるより先に横手から声をかけてきたのは、稲葉である。

「おそらくは、今のままでは何も動かぬ。上つ方の命に従った体で、賄いを再開すれば、どこぞで、何ぞ、動くやもしれぬ」

「………」

稲葉のように先が読みきれなかったことが悔しいのかもしれない。荻生は小さく唇を嚙んで、うつむいている。

その荻生に、十左衛門は声をかけた。

「とはいえ荻生どのの申される通り、剣呑であるには違いないゆえな。あの広い台所の、どこをどう幾人かけて見張ればよいか、明朝、台所方の仕込みが始まるまでに、早急に決めねばならぬ」

「はい。さればこれよりさっそくにもまいりまして、配置のほどを確かめてまいりまする」

荻生は早くも立ち上がって、部屋を出かけている。その荻生を追いかけて、橘斗三郎も十左衛門らに会釈して出ていった。

「ではご筆頭、ちと私も……」

「うむ。この一件、引き続き、よろしゅう頼むぞ」

「心得ましてござりまする」

頼もしく十左衛門と佐竹に笑顔を残して、稲葉も下部屋を出ていくのだった。

五

表台所の見張りが始まって五日目、昼下がりのことだった。

目付部屋にいた稲葉のもとに、台所で見張りについていた徒目付の一人が血相を変えて駆け込んできたのである。

「刃傷にござりまする！　立野林三郎が火箸にて、内海に刺しかかりまして、今、荻生さまが立野を押さえ……」

「相判った！」

徒目付と二人、急ぎ表台所に駆けつけると、なるほど立野という男が荻生に右腕を押さえられ、床にねじ伏せられている。

立野林三郎は二十一歳。表台所人の一人である。

一方、他の徒目付に付き添われるようにして、表台所組頭の内海靖兵衛が、腰を抜かしたように板敷きの床に座り込んでいた。

内海は先日の毒草騒ぎの朝にも、立野林三郎ら台所人たちを監督して、賄いを作っていた組頭である。内海と立野の間には、凶器となったらしい鉄製の長い火箸が転がっていたが、あたりに血の跡は見えない。

改めて確かめてみれば、幸いにも内海に怪我はないようだった。

「怪我はないのだな?」

座り込んだままの内海に確認すると、向こうで立野を押さえている荻生が、先に答えてきた。

「間一髪にございました。竈の前におりました立野が、急に火箸を振りかざし、あちらに向かったのが見えましたもので……」

荻生が目で指した「あちら」というのは、流し台のことらしい。青菜を洗っていたものか、床に菜が散乱していて、あたりは水浸しになっている。内海はその水浸しのなかに、腰を抜かしたようだった。

「何があったというのだ?」

内海の前に屈み込んで稲葉が問うと、内海はさかんに首を横に振って見せてきた。

「私には、いっこう覚えがございませんで……」

「………!」

その瞬間、荻生に組み伏せられたままの立野が、それでもキッとこちらに目を上げてきたのを、稲葉は見逃さなかった。

「荻生どの」

稲葉は荻生を振り返ると、離れたままで声を張った。

「二手に分かれよう。ご足労だが、拙者はこのまま内海どのをお借りして、この場で仔細なりと伺おうと存ずる。貴殿は下部屋にて、立野どのを頼む」

周囲には他の台所方の者たちが、事の行く末を案じる顔で、作業の手を止めて見ているのである。その者たちにわざと聞かせる必要があると、稲葉は踏んだのである。

「心得ましてござりまする」

そんな稲葉の思惑に気づいたか否か、荻生は徒目付の一人とともに立野林三郎を引き立てて、台所を後にしていった。

「ではやはり、そなたがほうには、何の覚えもいっさいないと申すのだな?」

「はい……。まこといきなりでございましたもので、私はもう、何が何やら判りませんほどでございまして」

「うむ。さようであったか」

「はい」

今、稲葉が内海を聴取しているのは、板場の台所の一角である。

ついさっき稲葉が目付の権限で、「夜食の賄いに間に合うよう、他の者は作業に戻ってくれ」と命じたため、十五、六人ほどはいる台所人たちは、稲葉と内海が話しているすぐ傍で、野菜を切ったり、魚を割いて準備したりと忙しい。

それでも皆、折々に、ちらりちらりとこちらを気にしているようだった。

「して、立野はどうだ？　日頃より、ああして気が荒いのか？」

稲葉が訊くと、内海は少し考えるような面持ちになった。

「『気が荒い』というのではございませんでしょうが、ごくまれに、ああしてカッと火の点くようなところもあるようにございまして」

「さようか……」

なるほどという風に、稲葉は内海にうなずいて見せた。

だが稲葉は、内海の言う立野の人格評が的確ではないことを知っていた。

仕事柄、本丸御殿内に一日中いることも多い目付は、朝だけではなく昼食や夜食時も賄いを食すことがままあるため、自然、表台所方の役人たちとも顔見知りになることが多かった。

組頭の内海はもちろん平の台所人である立野とも、稲葉は幾度か話したことがある。

普段、立野は若者らしく爽やかな印象で、作業の最中などに遠くから会釈してくるにも、賄いの膳を運んできてくれるにも、しっかりこちらと目を合わせて、明るく笑顔を広げてくる。

以前、どこの役方の者であったか、「膳を運んでくるのが遅い」と怒鳴り散らしていた者がいて、そのあまりの見苦しさに、目付として戒めようかと思った矢先、立野が急いで膳を運んできたことがあった。そうして、実際にはたいして待たせてもいないのに、平謝りに謝って、相手の怒りを見事に鎮めていたのである。

むろん、そんな一つの出来事で、立野が怒りやすい性格ではないと決めつける訳にはいかないであろうが、「ああしてカッと火の点くようなところもある」という内海の言いようには、やはり違和感を覚えずにはいられなかった。

とはいえ、この違和感については、今ここで内海の耳にわざわざ入れるべきことではない。

稲葉は何ほどもない顔をして、組頭の内海に頼んだ。

「誰ぞ一人、ちと貸してはくれぬか？　立野については、さすがにこのまま帰す訳にはいかぬゆえ、調べがつくまでの間は目付方の預かりになる。誰ぞ立野と親しい者に、着替えなど取りに行ってもらえるよう頼みたいのだ」

「そうしたことでございましたら、同輩の里中喜十郎めがよろしいかと」

「うむ。なれば、その里中を……」

「はい。急ぎ探してまいりますので、しばしお待ちのほどを……」

稲葉の内心も知らず、内海は奥のほうへと消えていくのだった。

六

里中という立野の同僚から話を聞き出した稲葉と、立野の聴取を終えた荻生が、目付方の下部屋で再び合流できたのは、だいぶ日が傾きかけた頃である。

とはいえ今日はことさらに暑すぎて、こうして夕方近くになっても、いっこうに暑さがゆるまない。他人に聞かれぬよう襖も障子も閉めきると、下部屋のなかは熱と湿気がむっとこもって、頭の芯まで熱くなり、自身でしっかり意識を保つよう努力しないと、物が考えられなくなりそうであった。

「いやしかし、こたび見張りをしてようやくに気づいたが、台所方というのも、夏はまことに気の毒のようでござるな」

稲葉が言うと、荻生も素直にうなずいた。

「さようでございますね……」

　下部屋の今がこの暑さなのである。台所の大竈の前などは、地獄のような暑さのはずで、考えただけでも、よけいに汗が噴き出してくるようだった。

　だがそうしていつまでも、暑さに意識を持っていかれたままでいる訳にはいかない。

　稲葉は軽く頭を振ると、するべき話に無理に自分を集中させた。

「して、立野はどうでござった？　何ゆえに、かような真似を？」

「それが……」

　と、荻生は整った顔を歪ませた。

「いくら問うても、いっこう何も喋らぬのでございます。ただもう我ら目付や上つ方に恐縮するばかりでございまして……」

　殿中で、かような騒ぎを起こした上は、いかなお沙汰も甘んじてお受けする覚悟である。どうぞ、いかようにもお裁きをと、神妙な面持ちで荻生の前で平伏するばかりで、荻生がしつこく理由を問うても、それについてはいっさい何も話そうとはしなかったというのだ。

「内海のほうはいかがでございましたか？　あの時はいかにも不意を討たれた顔をして、腰を抜かしておりましたが、当人に何ぞ恨みを買うような覚えのほうは？」

内海側から、何ぞ少しは判るのではないかと考えたのであろう、荻生は期待の目を向けてくる。

その荻生に、「いや……」と、稲葉は首を横に振って見せた。

「あれは駄目だ。性根のほどがよろしゅうない。ああした者は、たとえ恨まれる筋があっても正直には言わぬゆえ、別の者に訊いてきた」

とはいえ、台所方の役人はあまりにも大勢いるので、立野のことをよく知らぬ者も多いであろう。

それゆえ稲葉は「着替え」なんぞを口実に、わざと内海に頼んで、立野と親しいという里中を紹介してもらったのだ。内海が紹介するのだから、里中も内海の下で働いたことがあるはずで、内海と立野、両者のことを知っている里中から直(じか)に話が聞きたかったのである。

「して、いかがでございました？」

荻生は懲りずに、また期待に目を輝かせている。

それに応えて、稲葉は大きくうなずいた。

「ちと面白いことが判った。どうもあの内海には、配下(した)を不当に苛(さいな)んで、愉(たの)しむ癖があるようだ」

「あの組頭め、そうした者でございましたか……」

荻生には存外、意外に思えたのかもしれない。一瞬、目を丸くしたが、すぐに先を続けてきた。

「なれば、こたびはそれが高じて、立野が耐えられなくなったと？」

「うむ……。だが里中は、『立野はとにかく朗(ほが)らかで、人間ができているから、そんなことぐらいで、ああして火箸で刺しかかるほど怒るはずがない』と申してな」

内海の苛(いじ)めは日常的で、別段、立野だけが対象にされている訳ではなく、その日の気分で苛めにあう台所人は、その都度、変わるらしい。今朝も、たまたま立野が目についたのか、槍玉に上がっていただけで、里中の印象としては、いつもと変わらぬ光景だったというのだ。

「なれば内海の悪癖が刃傷の原因(もと)とも、言いきれぬということで？」

「うむ……」

「…………」

がっかりしたのだろう。荻生も小さくため息をついている。

「この刃傷の一件(こと)といい、味噌樽の一件といい、こうも調査(しらべ)にめぼしい進展がないのでは、今日この後の目付部屋でのご報告で、何と申し上げればよいものか……」

「まことにな……」

目付方では、日々の報告や連絡、緊急の合議などに備えて、日に一度、夕方の七ツ過ぎに、できるだけ十人全員で目付部屋に集まることになっている。

この決まりは十左衛門が筆頭になって始めたもので、目付方にもともとあった制度ではなかったが、目付十人、毎日のように顔を合わせて、気の合う者とも気の合わぬ者とも何だかんだと言葉を交わしているうちに、やはり一種、仲間意識は湧いてくるようだった。

過去の目付部屋では、えてしておのおのが手柄に走り、とにかく早く一件でも多くの案件を片付けようとしたりして、調査が浅く、まだ真実が見えないうちに判断を下してしまったりと、弊害もあったのである。

その弊害を何とかしたいと十左衛門は考えて、自分が筆頭になってからは、日に一度の顔合わせなど工夫して、今のような目付部屋を少しずつ創り出していったのだ。

稲葉は以前そうしたことを、十左衛門から直に聞いたことがあった。まだ稲葉が目付になったばかりの頃で、新米の稲葉に仕事の仕方を教えるため十左衛門が一緒に案件を担当していたのだが、二人きりで調査の打ち合わせをしている時に話して聞かせてくれたのである。

そんな「ご筆頭」の考えを、稲葉は心底から良しとしている。

今回の案件は、ことに本丸御殿の賄いに関する重大事でもあり、逐一報告すべきものであるから、このいっこう先の見えない状況も、包み隠さず報告しなければならないと考えていた。

「とにもかくにも、今日、この分だけでもご報告をいたそう」

「はい……」

八方ふさがりの様相ゆえか、今日のこの暑さは、よけいに身にこたえるようだった。

七

翌日の晩のことである。

駿河台にある十左衛門の屋敷には、思いもかけぬ客人が訪れていた。

妻を亡くした十左衛門とよく似た境遇を持つ、あの古参の同朋頭の一人、小堀笑阿弥（こぼりえあみ）である。

「お許しも得ず、突然にお伺いなどいたしまして、まことに申し訳ございません」

玄関先、恐縮しきった様子でしきりに頭を下げていた小堀だったが、その用件というのは、実に思いもかけないものであった。

今回の刃傷沙汰の顚末を城内の噂で耳にした小堀は、この案件を調べているであろう十左衛門ら目付方の役に立てばと、立野林三郎と内海靖兵衛の間に存在する、ある因縁について知らせにきてくれたというのである。

「もう三月も前のことになりますのですが、私が配下の『奥坊主組頭』に、ちと縁組をまとめてやったことがございまして……」

奥坊主というのは、上様の居所である『中奥』に勤仕する坊主である。

上様の身辺のお世話をする小姓や小納戸の命令を受けて、さまざま雑用をこなしたり、老中方や若年寄方に上意を伝えに走ったりと、奥坊主の仕事も日々なかなかに忙しいのだが、百三十人近くもいる奥坊主を差配して、奥坊主組頭が三人いた。

そのなかの一人、谷村仙佑という者に、同朋頭の小堀は上役として、嫁取りの世話をしてやったというのである。

「仙佑はごく真面目なよい男なのでございますが、齢三十五になりまして、付き合いの狭い私などではなかなかよいご縁が見つからず、その嫁探しを、内海どのにお願いいたしました次第で……」

「………？」

と、思わず、十左衛門は目を丸くした。

昨日、夕方、定例の目付部屋での顔合わせの際に、内海の人となりについては、稲葉や荻生から報告を受けたばかりである。『組頭』という自分の地位を笠に着て、おのれの歪んだ愉しみのために配下の者たちを苛むような内海に、なぜ小堀は、よりにもよって縁組の世話など頼んだのであろうか。

「小堀どのは、あの内海靖兵衛と、何ぞ懇ろなお付き合いでもあられるか？」

「いえ」

と、小堀は首を横に振ってきた。

「台所のお方でございますから、賄いをいただく際などに、お名とお顔は存じ上げておりましたが、これまではとくにお話をさせていただいたこともございません。ただ『内海どの』と申せば、『頼めば、よいご縁を結んでくださる』と、評判でございますので……」

何でも内海は以前から御家人どうしの縁組をよく世話していたらしく、禄高が百俵以下の小禄の武家の間では、「表台所組頭の内海靖兵衛どのにご相談すれば、たいていは一月がところで、よき相手を見つけてきてくれる」と評判であったそうなのだ。

だが内海の仲介の欠点は、そこそこの紹介料を請求することにある。

内海なりに両家の家禄などを考慮して、払えそうな額を提示してくるようだったが、今回ばかりは谷村自身の五十俵という禄高は度外視で、配下のために嫁探しを頼んできた役高・二百俵の旗本である小堀笑阿弥のほうに焦点を当てて、紹介料を決めてきたようだった。

「まずは手付けに二両、縁組がまとまってよりは、更に五両がところをお渡しいたしました」

「なに？　では都合、七両も取ったということでござるか？」

「はい……」

七両は小堀が出して払ったそうであったが、無事、祝言となったその日の早朝、当人の谷村仙佑が小堀の屋敷を訪ねてきて、「有難うございました」と、五両入った紙包みを渡してきたのだという。

その上で仙佑は「残り二両は、少しだけ待って欲しい」と、小堀に頭を下げてきた。

「『とんでもない。この七両は祝いのつもりで出したのだから、気にするな』と、包みを押し返しましたのですが、あやつも硬うございますので、いっこうに受け取りませぬ。仕方なく『なれば、残り二両は祝いで……』と、それだけはようやく説得をいたしました」

「さようでござったか……」

十左衛門はしみじみとうなずいた。

内海には呆れるばかりであったが、小堀が配下の幸せを願い、その配下が心より感謝して、礼を尽くすというその様は、まこと十左衛門自身も「見習わねば」と、そう思うほどのものであった。

さすが「心づけは、誰からもいっさい受け取らぬ」と評判の、「小堀どの」である。

「して、その仙佑どのが嫁御は、いかがでござりましたか？」

十左衛門が訊ねると、だが小堀笑阿弥は、一転、顔を曇らせた。

「そこなのでございます……」

内海が紹介してきた娘は『名倉加江』といい、十八歳の娘であった。

名倉の家は、代々『御膳所』の台所人を務める役高・五十俵の家柄である。

御膳所というのは、上様のお食事のみを調理するところで、表台所よりも奥まった場所にある台所である。御膳所に勤める台所人は、上様の専属ということもあって、立野のような表台所人よりも格上で、役高も十俵多い五十俵高であった。

ところが何と、その名倉の娘というのが、立野林三郎の許婚ともおぼしき娘だったのである。

同じ台所人の家どうし、立野と加江は家族ぐるみで付き合いのあった幼馴染みで、親はともかく本人たちは、互いを「末の伴侶」とまで想い合っていたらしい。

だが加江は、幸か不幸か、台所方では有名な美貌の娘であった。

そのあまりの評判の良さに、立野は臆して、里中ら仲の良い同僚たちにも、自分と加江の間についてはしゃべらずにいたのだが、その内緒事を、よりにもよって組頭の内海に自分から言わねばならない事態に陥ったことがあった。

二十一歳の立野は男ぶりも悪くなく、何よりも朗らかで人に好かれる性質であったがために、縁組の斡旋をしている内海に「良質の売り物」として目をつけられ、名倉ではない他の武家との縁組を勧められたことがあったのである。

その際に、立野は縁談話を断る理由として仕方なく、「実は……」と、名倉加江とのことを内海に話してしまったのだという。

そしてこの一連の話を、まるで瓦版のなかの男女の話でもするように、嬉々として小堀に話して聞かせていた内海は、最後にこう、吐き捨てるように言ったという。

「『平の若造ごときが、おこがましくもわしが勧めを断ったゆえ、ちと罰をあてたのだ。それを立野め、ああして突きかかってくるとは、逆恨みもはなはだしい』と……」

「なんと！」

　あまりの内海の性根の悪さに、十左衛門はしばし言葉を失っていたが、ふと今の小堀の話を反芻して気がついた。

「なれば小堀どのはその話を、立野が刃傷の後で、初めてお知りになったのでござるな」

「はい……」

　今回、内海が危うい目にあったことを城内の噂で聞いた小堀は、先般の縁組で世話になったこともあり、見舞いの品を持って内海の屋敷を訪ねたという。

　そこで初めて、仙佑の嫁になった名倉の娘と立野林三郎の関わりを知り、「これはやはり仙佑に、一生黙っている訳にはいかない」と、小堀は仙佑本人に事実を報せたそうだった。

「して、谷村どのは、何と？」

　十左衛門が訊ねると、小堀は少し、笑みを浮かべたようだった。

「いや、妹尾さま。それはもう……」

　そう言って、小堀は嗤った。今度ははっきり口の端を吊り上げて、意地の悪い笑みを顔中に広げて、見せてきたのである。

「こたびが一件を知りまして、仙佑は、離縁の腹づもりを決めたそうにございます。おそらくはもう、かような淫婦(いんぷ)、名倉の家に突き返したことにございましょうて」

「…………」

愕然として、十左衛門は絶句していた。

自分の配下(みうち)可愛さで、ちと常軌を逸しているのかもしれないが、名倉加江という娘のことを「かような淫婦」と言い放った今の小堀は、あの穏やかで正しく信頼に足るいつもの小堀とは別の人物のようだった。

「全体、皆さま、蔑(さげす)んでおいでなのでございましょう」

さらに続けて、小堀はまた毒づいた。

「おのれの配下への面(つら)当てに、仙佑を使うなど、やはり『坊主』と馬鹿にして蔑んでおられる証拠……。坊主なら、他家(よそ)の男の手垢のついた娘でも、有難く喜んで迎えるとでもお思いなのでございますよ。名倉が家のほうでも、『奥坊主頭なれば、名倉と同じ五十俵高のお家柄ゆえ、釣り合う』と申したそうにございますが、今にして思うてみれば、『傷物の娘ゆえ、坊主にくれてしまえ』と、そういうことでございましたかと……」

「…………」

実に嫌らしい顔をして、小堀はまだ滔々（とうとう）と話し続けている。

内海を憎み、加江を憎み、名倉を憎み、「坊主を蔑む」と世間にもその憎しみを広げて、小堀笑阿弥の憎悪の熱は恐ろしいほどである。初めて会ったあの時の、お互いに妻を想って涙ながらに語り合った小堀笑阿弥は、一体、どこへ消え去ってしまったものか……。

十左衛門は目付として、今、初めて小堀笑阿弥を「怖ろしい」と眺めるのだった。

八

「では、そなた、『名倉加江（かえ）』とは、ただの知己（ちき）だと申すのだな？」

立野林三郎を前に置いて、そう訊いたのは、稲葉徹太郎である。

「はい」

立野は、しっかりと返事をした。

未遂とはいえ、殿中で刃傷沙汰を起こした立野林三郎は、上様よりの正式なお沙汰が下りるまで、他家へ預かりの身になっている。今回のその「他家」は、徒目付組頭の一人である十左衛門の義弟、橘斗三郎が屋敷であった。

今、橘の屋敷には、十左衛門と稲葉に荻生と三人の目付が来ていて、立野の聴取の真っ最中であるのだが、おもだって訊ねているのは稲葉であった。

「よいか、立野。いま一度、訊ねる。そなた、御膳所台所人・名倉哲蔵が娘・名倉加江とは、知己ということの他には、何の間柄もないと申すのだな？」

「はい。それにたしか加江どのは、すでに他家へと嫁されていて、名倉のご姓ではあられぬはず……。他家さまのご新造に、何ぞ関わりなどあろうはずもございません」

「うむ。さようではあろうな」

稲葉は神妙な面持ちで、立野に大きくうなずいて見せている。

だが続けて、稲葉は立野に教えて言った。

「したが『加江』は、すでに『名倉』ぞ。一昨日であったか、奥坊主組頭の谷村仙佑は、加江を離縁にいたしたそうにござる」

「え……？」

一瞬、小さく息を飲んだ立野が、我に返ったように身を乗り出してきた。

「あの、それはまことにございましょうか？」

「うむ。谷村仙佑が上役で、こたび両家の間に立って縁組の取り持ちをなされた同朋頭、小堀笑阿弥どのが、はっきりそう申された」

「こぼり、さま……？」

立野は目を丸くした。

「……あの、加江どのの縁組の仲立ちをされたのは、内海さまではございませんでしょうか？」

「さよう。名倉の家に、直に縁組の口入をしたのは内海であるが、その内海は小堀どのより、谷村仙佑の嫁探しを頼まれておったのだ。こたびがことで小堀どのは『顔を潰された』と、たいそうなご立腹であったぞ」

「お顔を……？　ですが……」

反論しようとした立野を、手をかざして押し止めて、稲葉はわざと焚き付けた。

「小堀どのが話では、そなたと加江とは昔より互いに言い交わした仲であったそうではないか。『すでに手垢のついた娘を、大事な手下に押しつけられた』とご立腹でな、あれこれと申されるうちに、『どのみちあの味噌樽が一件も、許婚を取られたそなたが世間へ八つ当たりにいたしたに違いない』と、さようにも申されて……」

「とんでもないことでございます！」

今度は稲葉を押し止めて、立野が腰を浮かせてきた。

「加江どののことはさておき、味噌樽が一件につきましては、いっさい関わりなどございませぬ。私は日々、台所にて賄いを作って、それがお役目にござりまする。日々懸命にこしらえております料理を台無しにいたすなど、私を含め、我ら台所方の者たちにできようはずがございませぬ！」

これまでずっとおとなしかった立野が、嘘のように激している。

その立野の横顔を、少し離れたところから眺めながら、十左衛門は心を決めるのだった。

九

翌日の夕刻七ツ過ぎの、目付部屋のなかである。

いつものように集まってきた目付仲間を前にして、十左衛門は合議の司会の最中であった。

議題は表台所人・立野林三郎が処分についてのことである。

すでに表台所方に関わる一連の経緯については、稲葉と荻生が的を射た説明をして語り終えてあるため、この案件に関わっていない目付(もの)たちも、判らない部分はないはずである。

その皆を相手に十左衛門は、今、小堀笑阿弥の訪問の次第について話して聞かせたところであった。

「して、おのおの方は、いかようにお思いになられる？　小堀の言うよう、『やはり立野が世間への八つ当たりに味噌樽に毒を混ぜた』と、お思いでござろうか？」

　そう訊いて十左衛門がぐるりと皆を見渡すと、目付十人のなかでも四十六歳と最高齢の小原孫九郎長胤が、まずは意見を述べてきた。

「立野が陳述のほうが真実でござろう。台所にて日々の御役に立つ者が、自ら御役を汚すとは思えぬ」

「いかにも、拙者も、今の小原どのがご賢察の通りと考えまする」

　小原に一票あげたのは、目付のなかでは古参といえる一人、三十九歳の蜂谷新次郎勝重である。

　この小原と蜂谷は、十人のなかでもことに「人情派」といえる性質の目付で、情があり、実直で、嘘のまるでない好人物ではあるのだが、少しく情に流されやすい弱点がある。

　するとこの二人とは正反対で、物を見る目も、瞬時の判断も確かだが、口を開けばつい皮肉めいた物言いになって、周囲の不興を買いやすい西根が、横手から茶々を入れた。西根五十五郎恒貞は、蜂谷よりは一つ下の三十八歳である。

「まるでご自分の甥御どのでも、庇われるがようなご様子でござるな」

「西根どの！」

と、蜂谷や小原が怒るよりも先に西根を諫めたのは、清川理之進政義という男である。清川は目付のなかでは中堅といったところで、今年で三十四歳であった。

「そうしたことをおっしゃいますな。なれば西根どのにおかれては、味噌樽の一件は立野林三郎が仕業だとお考えで？」

清川がそう訊くと、だが西根は首を横に振った。

「味噌の段については、冤罪であろうとは思う。だが立野が火箸を持って、人に刺しかかったのは事実だ」

西根が言うと、意外にも、桐野仁之丞忠周が西根に賛同した。

「私も同様に思います。立野の内面に怒りがあり、かようなほどの激しさもありましたことは、やはり事実でございますゆえ」

桐野はまだ目付部屋に入って一年と経たない、新参の目付である。二十五歳と、歳も一等若いのだが、頭の回転の速さにせよ、素直に物事を捉える眼力にせよ、目付職には打ってつけであった。

「うむ」

と、十左衛門は一同の話を引き取った。

「立野がなぜあのように、刃傷に走ったかについては、忌憚(きたん)なきところを聞いてまいったのだが……」

内海が恋仲の二人を裂くようにして、名倉加江を谷村仙佑がもとに縁付かせたのは、三月(みつき)も前のことである。

この「三月も前」ということが、十左衛門には大いに気になった。

許婚を奪われて激怒し、内海の度を越した苛めがとうとう許せなくなって、憎い内海を刺し殺してやりたいと行動を起こすなら、たいていは「縁組がまとまった直後」が時期であろう。

なのに立野は誰に文句を言うでもなく、この三月の間、これまで通りに台所で御役を勤めて、これまでと同様に、横暴な内海とも折り合いをつけながら、賄いを作っていたのである。

それがなぜ三月も経った今になって、「火箸で襲いかかる」というほどの強い怒りになったのか、十左衛門はそこがいっこう読めなかったのだ。

「……『暑さ』のせい、であったそうだ」

「暑さ、にござりまするか？」

目を丸くして訊いてきたのは、ともに嘔吐で苦しんだ佐竹甚右衛門である。

「さよう……」

佐竹にうなずいておいて、十左衛門は先を続けた。

「あの日、立野は運悪く、内海の慰み者に選ばれたそうでな。朝っぱらから、あれやこれやで随分とやられたらしい……」

そうして内海にたまたま目を付けられたが最後、その日一日は内海が飽きてやめるまで、苛めが続くことになる。苛めの対象に選ばれてしまった日には、大竈の番を当てられるのが常であった。

表台所にある大竈は、数十人分の飯がいっぺんに炊けるほどの火口が幾つも並んでいる。この夏の酷暑のなかで、大竈の前に、二刻（四時間位）も三刻（六時間位）も詰めているのは、地獄の責めのようだった。

それでも台所方の者たちは、夏の竈の熱さにも、冬の水の冷たさにも基本的に慣れているから、愚痴も言わず我慢強く、大竈の番もすることとなる。

あの朝、立野林三郎も身体中から滝のような汗を流しながら、竈にかかった幾つもの鍋の世話をし続けていたのだが、その立野の背中に向かって、なおも組頭の内海は罵声を浴びせ続けていた。

「さような火の弱さで、晩の賄いに間に合うものか！　焚きが足りぬ、もっと焚け！　早う焚かぬか、この馬鹿者めが！」

「…………」

立野はすでにボーッとし始めていた意識のなかで、内海の罵声を聞き続けていたという。そうしてその罵声は、大竈の熱気とあいまって、どこまでもしつこく不快に、正直もうふらふらな立野の身体にまとわりついてきたのである。

「もう嫌だ」と、内海を心底憎く思った瞬間のことだけは、自分でもはっきり覚えているという。

だがその後は、荻生に腕をねじ上げられてひどい痛みを感じるまで、何が何だか自分でもよく思い出せないというのが、本当のところであるようだった。

「だが立野も、認めてはおるのさ。『嫌だ』と思い、『憎い』と思った瞬間に、名倉加江の顔がちらりと浮かんだ気がすると、そう申しておった。あとはもう、すでに嫁している加江という娘に面倒が及ばぬようにと、それきりであったそうだ」

事の経緯を話し終え、十左衛門はそう言ってまとめたが、皆しんみりと黙り込んでしまって、意見を言う者がない。

十左衛門はそんな皆の様子を見て取って、こちらから訊ねた。

「この刃傷の経緯（いきさつ）を聞くかぎり、立野が女で自棄（やけ）を起こして、世間に八つ当たりをしようなどと考えたとは、わしには到底、思えぬのだ。どうだな？　おのおの方、いかがか？」

「私も、さように存じまする」

一番に声をあげてくれたのは、赤堀小太郎乗顕（のりあき）である。

すると皆それぞれながらも、

「さように……」

「拙者も」

と、次々に十左衛門に同意してくれた。

「ご筆頭」

ずっと黙って控えていた荻生が、口を開いた。

「しかしながら味噌樽の一件がことは、まだいっこう目処（めど）も立ってはおりませぬ。怪しき者がはっきりと判りませぬかぎり、やはり上つ方の皆さまは、刃傷を起こした立野ばかりを疑うのではございませんでしょうか」

「うむ。さようであろうな」

十左衛門は荻生だけではなく、一同を見渡してこう言った。

「だが、おそらくは関わりを持たぬであろう立野に、味噌樽の一件を背負わせる訳にはいかぬ。これよりご老中方にお目通りを願って、これまでの経緯をお報せし、味噌樽の一件に下手人(げしゅにん)が捕まるまでの間は、引き続き橘が屋敷に立野を留め置けるよう、お頼みしてまいる」

「はい」

勢い込んで返事をしたのは、やはり荻生であった。


目付部屋を後にして、老中方や若年寄方の御用部屋に向かう十左衛門の面持ちは、だがいつになく、ひどく険しいものであった。

今、十左衛門の心を重くしているのは、小堀笑阿弥の一言である。

「味噌に苦菜(にがな)を細(こま)こう刻んで混ぜ込むなどと、さすがに台所方のいたす悪事は違いますな」

味噌樽に苦い毒草が刻まれた状態で混ぜ込まれていたことは、目付方の配下たちはむろんのこと、台所方の者たちにも、緘口令(かんこうれい)が敷かれている。

表台所に何かあり、賄いにも毒が入っていたことは、城中の誰もが知っていることのである。

その菜が苦かったことなどは、目付方と台所方の人間の他には、誰も知らないはずな

ではあるが、味噌に毒草が混ぜられていたこと、それも細かく刻んであったこととか、

とはいえ、今のままでは小堀が「台所方の誰々から、内緒で教えてもらった」とい

えば、それで終いになってしまう。目付が誰かを疑って、それを公に口に出すからに

は、それなりの証を揃えなければいけないと、十左衛門は常々自分に課しているので

ある。

「…………」

これから向かう御用部屋は、まさしく小堀ら同朋たちの勤務する場所である。

御用部屋の老中や若年寄たちの手や足や耳となり、お役筋の書付を大名や諸役人に

届けたり、また逆に上申の文書を預かって、御用部屋のお歴々に進言したりするのだ。

ことに同朋たちのなかでも「心づけを受け取らぬ小堀」は、御用部屋のお歴々に、

いたく信頼されている。

それは、これから十左衛門が会いに行く若年寄の一人、小出信濃守も同じであった。

小堀への疑念と、まだどこかで小堀を好ましく、信じたく思う気持ちの狭間で、十

左衛門は深く大きく息を吐くのだった。

第四話　火種（ひだね）

一

明暦（めいれき）三年（一六五七）、今から百年余も昔の話である。

年が明けて間もない正月の十八日、江戸は朝から、猛烈な北西風が吹き荒れていた。

路上の砂埃（すなぼこり）が舞い上がり、町行く人は、目も開けられぬほどである。

あちらこちらでガタガタと店の看板や屋根瓦が風に吹かれて飛んでいき、裏長屋にある安普請の厠（かわや）などは、下から丸ごと強風に煽られて浮き上がり、「ああッ！」と見ている長屋の住民の目の前で、板張りの屋根も扉も壁さえもそのままの形で宙に舞い上がって、隣の大店（おおだな）の裏庭に落ちていった。

そんな町中、大慌てのなか、本郷丸山（ほんごうまるやま）にある本妙寺（ほんみようじ）という寺から火事が出た。十八日の昼過ぎのことである。

北西風の吹き降ろす先は、本郷からは南東の方角にあたる湯島や神田明神のあたり。

火はたちまち本郷から湯島一帯に燃え広がり、その火の粉が神田川を次々に渡って、川べりの神田須田町が燃え上がった。

俗に「内神田」と呼ばれるこのあたりは、川べりの須田町から始まって、南東方向に鍋町、鍛冶町、大工町、銀町などと、職人町が広大に続いている。

この職人町を猛火は次々に焼き払い、さらに先、大店が軒を連ねる本石町や本町までを灰にしたところで、夕方、風は東向きに変わり、本町の南東に続く室町や伊勢町といった人の集まる一等の商業地を、総嘗めに焼いていった。

強風にすべてが煽られている上、あっちもこっちも行く手には炎が上がっているから、家財道具は持ち出せず、身一つで逃げ惑う人々で、通りはごった返している。

そんななか、火はまたも江戸橋のあたりから川を渡って、茅場町に移り、その先にある八丁堀の町方与力や同心たちの屋敷までを、一気に灰にしてしまったのである。

一方、当時、葺屋町にあった旧吉原やその周辺を焼き尽くした火は、築地の西本願寺に燃え移り、寺に非難していた多くの人々を火に巻いて死なせた。

浅草の一画もそうである。ことに神田川に架かる浅草橋御門の前では、火に追われて逃げ場を失った約二万三千もの人々が、煙に巻かれて亡くなるという大惨事が起こった。

　火は浅草の幕府米蔵を焼いて、翌日の未明に一旦は鎮まったが、折からの北西風が翌十九日も吹き荒れて、今度は小石川の新鷹匠町から出火した。

　小石川にあった水戸家の上屋敷は全焼し、勢いを増した火は小石川から堀を渡って、駿河台に集まっている幕臣の旗本屋敷を舐めるように焼いていった。

　風の向かう南東の先にあるのは、江戸城である。

　火の粉は城の塀を越えて次々に降り注ぎ、城の曲輪のなかまで入ってきた。当時、竹橋御門の内には将軍・家綱の弟たち、まだ幼い綱吉や綱重の住む屋敷が建てられていた。火はこの屋敷をも激しく焼き尽くして、十九日の正午過ぎ、とうとう江戸城の天守閣が火を吹いたのである。

　天守閣が燃え上がってからは、早かった。高い天守閣から舞い散る火の粉は、江戸城内のあちこちに火を付けて、本丸御殿も二之丸の御殿も容赦なく焼き尽くし、わずかに残ったのは、風向きの外にあった西之丸の御殿だけだったのである。

　この本丸御殿をも焼き尽くした江戸市中の大火事は、のちに「明暦の大火」と名づけられ、百年余が経った今でも、江戸では折々語り継がれている。

その明暦の大火の昔話を思わず口に出したくなるような事態が、夏が終わり、すっかり秋になった頃から、江戸で起こっていた。

ここ一月というもの、江戸では五日と空けず市中のどこかしらで火事があり、ひどい時には、同じ晩に三ヶ所から火の手が上がったこともあったのである。

そして今日、目付方では蜂谷と桐野が宿直の番で、夜も更けて今まさに「寝ようか」と、目付部屋の二階に敷いたそれぞれの布団に入りかけたところに、またも半鐘らしき音が聞こえてきたのだった。

「……ん？　桐野どの、聞こえるか？」

「はい。やはり半鐘らしゅうございますね」

今聞こえている音が半鐘であるなら、むろん寝てなどいられない。

二人して、さっき着たばかりの寝衣を脱ぎ、外出の支度を始めていると、やはり徒目付の一人が報告をしに、飛び込んできた。

「お櫓が開きました！」

「よし。すぐに、参る」

城からも見えるほど近場の市中に火事が起こると、城内も騒がしくなる。

半鐘がどのあたりから聞こえてくるのか確かめながら、こうして目付方や番方、使番(つかいばん)などが集まってきて、まずは火事の方角にある『櫓』を開けて中に入り、江戸市中が広く見渡せる高い階まで、急ぎ上るのである。

その上で「あの方角は赤坂のあたりであろう」などと見当がつくやいなや、目付は配下の徒目付や、使番の者などとともに、直ちに火事の現場に急行するのである。

一方、番方の者たちは、城に飛び火が移らないよう、火事場の方角の門や塀に集まって、警備を固めるのが決まりであった。

呼びに来た徒目付の案内で外に出ると、すでに櫓の前には人だかりができていて、その人波を掻き分けるようにして、別の徒目付が、蜂谷や桐野のところまで報告に駆け寄ってきた。

「火は二手(ふたて)、出ているようにございます。乾(いぬい)の櫓と、梅林(うめばやし)の櫓が二つともに開きましたようで」

「二手、か……」

「なれば蜂谷さま、私が『乾』のほうに参ります」

言うが早いか、桐野は今いる場所からは遠いほう、本丸の北西に位置する乾二重櫓へと向けて、徒目付の一人とともに駆けていくのだった。

乾二重櫓の上階から「火はあそこ」と目星をつけて向かった先は、市ヶ谷御門を出て更に先、平山町という町場であった。

二

幕府は江戸市中の火災対策として、俗に「定火消」と呼ばれる『江戸中定火之番』の組織を作っている。

家禄四千石以上の旗本が就任するこの定火之番は、江戸を火災から守るため、市中のあちらこちらに建てられた「火消屋敷」に住み暮らしていて、自分の担当地域に火事が起こると、屋敷内に住まわせてある自分の火消組の配下たちを引き連れて、消火に向かうのである。

今回の現場がある平山町の担当は、本多幡三郎寛惟という定火之番で、本多の役宅である火消屋敷は、市ヶ谷の左内坂下にあった。

市ヶ谷左内坂と平山町は、さほどには遠くない。本多組はすぐに駆けつけてきたらしく、江戸城内から桐野と徒目付が着いた時には、火はほとんど消し止められていたようだった。

「桐野さま」

横手から声をかけてきたのは、一足先に現場(ここ)に着いていた使番の有田幹三郎(ありたみきさぶろう)という者である。

使番は「上様の使い」であるから、幕府の上使として諸大名のもとに幕命を伝えに行ったり、今日のように有事の際には、火事の状況や消火の様子などを書き留めて、上様に報告するのが、その役職である。

桐野も目付方に入る前には使番を務めていて、二十三歳のこの有田幹三郎は、その頃の桐野の後輩にあたる。当時、有田は使番方に入ったばかりで、桐野は先輩として、よく仕事の進め方など教えていたものだった。

そのせいもあるのか、有田は今でも桐野に会うと、親しく話しかけてくる。今も桐野の姿を見つけて、遠くから駆け寄ってきたのであった。

「火元の店(たな)は、小間物屋だそうにござりまする」

「小間物屋か……」

有田に教えられて、桐野は遠目に火事場を観察した。

もう鎮静化しているとはいえ、いまだ現場は残り火を探しているらしく、火消組の者たちが大勢で歩きまわっている。皆それぞれに持ち場を決めてあるらしく、隈なく手際よく探す本多組の動きは見事であった。

火事場での目付方の仕事は、火消組の者たちが上手(うま)く立ち働いているか、火事が燃え広がらずに最小限にとどまっているかを、監察することにある。もしその火消組が、あまりにも手際が悪かったり、消火の指揮系統が上手くいってない場合には、後で改善すべき点を指導したり、場合によっては、その火消組の退任や交代も考えなくてはならない。

火事は一刻を争うものであり、火消しは、いくら当人たちが一生懸命にやっていても、手際が悪くては駄目なのである。今回の本多組のように、火事が最小限に済むよう火消しの者たちを上手く指揮して、燃え広がりを防ぐことのできる定火之番の火消組を、常に市中に揃えておくのも、目付としての大切な仕事なのである。

そんな次第で桐野が鋭く眺めていると、横で有田がまた教えてくれた。

「幸い延焼もなく、ここの家人も早々に逃げて、怪我人もございませんようで……」

「さようか。よかったな」

だが見れば、小体(こてい)な店は全焼に近く、見るからに先の暮らしに困りそうな有様(ありさま)である。半ば炭になった店の柱を前にして、呆然と立ち尽くしている店の主人らしき男が、傍目(はため)にも哀れであった。

「ああした者にも、何ぞ御上より『御救い』が出せればよいのだが……」

思わず桐野が本音を言うと、横で有田もうなずいた。

「明暦の大火の際がように、焼け出された者らの数が多ければ、御救い小屋も出ましょうが、焼けたのが一軒だけでは、町内よりの火事見舞いの金がいいところで……」

「さようであろうな……」

火災、洪水、地震など、幕府は大きな災害が起こって被災者が多数出ると、『御救い小屋』と称する被災者の収容施設を用意した。

施設の規模は、その災害の大きさに合わせてまちまちであったが、御救い小屋に駆け込めば、寝所と食事が与えられ、病気や怪我の者がいれば、幕府から医者が派遣されてきて、ただで治療もしてくれる。

また幕府は、被災者が一刻も早く元の生活を取り戻すことができるよう、健康な者には、一日分の商いの元手になる何百文かの銭を与えて、野菜やら浅蜊や蜆やらといった簡単に仕入れのできる商品を買わせ、昼間はそれを行商で売って金を貯められるよう支援もしたのである。

「何でもあの大火の際には、江戸市中のあちらこちらで粥の炊き出しをして、都合、六千石を下らぬほどの米を使ったそうにございます」

「ほう。六千石か……」

目付は役高が千石だから、自分らの禄米の六年分という勘定になる。

「台所の賄いに、しじゅう大量の米俵を運んでいる賄方なら判るのであろうが、どうも我らには、六千石の米というのは想像もできぬな」

桐野が言うと、有田も大きくうなずいた。

「いや、まったく……」

火消組の本多たちが見事で、すでに火は消えているから、ついそんな昔の話になっている。

だが次の瞬間、桐野は何気なく目をやった火事場見物の野次馬のなかに、不審な男を見つけていた。前面に並んでいた野次馬の一人、三十がらみの町人の男が、にやにやと笑っているのである。

「…………」

あれは火付けの犯人であろうか。歪んだ自分の愉しみのために、他人(ひと)の家に火付けをするような者は、自分の起こした火事を眺めて喜ぶものだという。

まだにやにやと焼け跡や火消組の動きを眺めている不審者を、桐野は鋭く見つめていた。

「桐野さま。あの男でございましょうか？」

声をかけてきたのは、今度は配下の徒目付である。

見れば、その配下も気づいたらしく、同じ男を見つめていた。

「うむ……。確証はないが、やはりそなたも気になるか？」

「はい。私、ちと捕まえてまいりまする」

だが徒目付が向かうより一瞬早く、火消組の一人が気づいたらしい。

声に出して仲間にも伝え、派手に追いかけたものだから、男のほうでも気づいて、逃げ始めた。

「やっ！　これはまずい！」

桐野や有田も徒目付を追って、急ぎ男を捕まえに走ったが、男は野次馬の人混みに潜り込んで、見えなくなってしまったのだった。

三

目付部屋にいた十左衛門のもとに、「内海靖兵衛の屋敷が燃えた」との報せが届けられたのは、十月に入ってすぐのことであった。

「なにっ？」

内海靖兵衛といえば、くだんの表台所組頭である。

火箸で刺しかかった立野のほうは捕らえられて、いまだ橘斗三郎の屋敷に預かりになっていたが、内海については縁組の世話をしただけで、名倉の娘自身、その縁談を断りもせず嫁に行ったのだから、「仲介をした内海に非はなかろう」との老中や若年寄方の判断が下り、「お構いなし」になっていた。

その内海靖兵衛の屋敷が火事になったというのである。

「して、内海や家の者たちは無事なのか？」

「はい。怪我人はないようにございまする」

報告に来てくれたのは、目付の稲葉徹太郎である。

稲葉と荻生はあれ以来、他の案件もこなしつつ、引き続き味噌樽（みそだる）に毒草を仕込んだ者を探して調査を続けている。目付方配下による表台所の厳重な見張りのほうも、必定（ひっじょう）、まだ続いていた。

「今朝、『内海が、いつになっても登城して来ぬ』というので、台所方で騒ぎになり、表台所人の一人が、内海が屋敷のある市ヶ谷山伏町（やまぶしちょう）の屋敷まで出向きましたところ、内海が焼き出されており、それで知れたようなのでございますが……」

「ん？」

十左衛門は、稲葉の話に口を挟んだ。

「稲葉どの。今、『市ヶ谷』と申されたか？」

「はい」

いかにも訳ありげにうなずいて、稲葉は一膝、乗り出してきた。

「先般の火元の平山町と、さほどに離れてはございませんので、火消はまた本多さまが火消組だったそうなのですが……」

昨夜、本多組が半鐘を聞きつけて、市ヶ谷山伏町の内海の屋敷に急行したのは、九ツ（深夜十二時頃）を過ぎたばかりの頃だったという。

現場に着いた時には、内海靖兵衛をはじめとした家人たちは皆、着の身着のままで通りに出ており、近所の者たちがそれぞれに自分の家の井戸から汲み出しては次々と運んでくる水を、一緒になって夢中でかけていた。

その近所の協力の甲斐あって、さほどに燃え広がらずに済んだため、本多組が到着してからは半刻（一時間位）ほどで無事に鎮火したのだが、いざ半焼した屋敷を改めて調べてみると、焼け落ちているのは玄関や客間といった表門に近いところばかりで、奥まった家人の居間や寝間などはきれいに残っている。

つまり火元は、まるで火種（ひだね）などないはずの玄関あたりということであった。

「なれば内海は、誰ぞに火付けをされたということか？」

十左衛門が眉を寄せると、「はい」と稲葉も神妙な顔になった。

「昨日の『火事場見廻（みまわり）』には、寄合の田山佐久右衛門（たやまさくえもん）さまがご出役（しゅつやく）だったのですが、これは間違いなく、火付けに違いなかろうと……」

火事場見廻というのは、家禄三千石以上で無役である寄合の旗本に課される出役で、火災があると直ちに現場に急行して、火事が広がらないよう風下の家屋敷を見廻って守ったり、焼け跡の状況を調べて若年寄方に報告したりすることになっている。

更にこの出役には特別な権限が与えられており、火事場見物に集まってくる者たちのなかに不審者がいないか目を配って、もし怪しい者がいれば、町方の役人のように捕らえて事情聴取することもできるのであった。

「何でも田山さまのご家来衆が、昨夜の火事の最中に怪しげな町人を見かけたそうにございまして、その男が先日の平山町の火事場にも確かにいたと……」

三十がらみと見えるその男は平山町の野次馬のなかで、一人だけはっきり嗤（わら）っていたのだそうで、主人の出役に従って火事場の警戒をしていた田山家の若党が、その男に気がついて捕まえようと近づいたところ、男は人混みを利用して逃げていってしまったのだという。

「三十がらみ……。なれば、桐野どのの申されていたのも同じ男か？」

「はい。私も桐野どのより話は聞いておりましたので、さようではないかと」

田山家の若党は、昨夜もその男を野次馬のなかに見かけたそうである。

だが昨夜は平山町の時とは違い、男は女連れであったのか、野次馬の人の群れのなかから離れて、後ろ姿の女を追って駆けていってしまったというのだ。

「むろん慌てて追おうとはいたしたようですが、何ぶん火事場は、人出が多うございますので」

野次馬が押し合いへし合いして、どうにも先に進めず、またも取り逃がしてしまったのだそうで、田山佐久右衛門は「次には必ず捕らまえてみせまするゆえ……」と、目付である稲葉を前に息巻いていたという。

「さようか……」

十左衛門はうなずくと、だが稲葉は、その先をこう続けてきた。

「ですがご筆頭、荻生どのは、それとは違う筋を考えておられるようでございます」

「違う筋、と？」

「はい。内海が屋敷に火をかけたのは、こたび内海が口利きをした縁組に関わりのある者ではないかと……」

まずは今回の縁組で、一方的に恥をかかされる形となった奥坊主の谷村仙佑か、離縁されて出戻りとなった名倉加江の血筋の者。もしくは立野林三郎の親兄弟が、『よくも息子をあそこまで追い詰めて……』と恨みに思って、内海の屋敷に火をかけたのではないかと、荻生はそちらに目星をつけているらしい。

「して、稲葉どのご自身はどうお考えか？」

十左衛門が訊ねると、稲葉は素直に、迷いのある表情を見せてきた。

「確証が持てる訳ではございませんのですが、どちらか選べと言われれば、やはり荻生どののお考えのほうがありそうかと……」

「うむ……。わしもさ」

十左衛門は眉を上げてそう言うと、ため息をついた。

「これは、ちと面倒なことになりそうだの……」

「はい」

この一件では、立野に意地悪をした内海以外は、皆、被害者という風で、このなかに火付けの当人などおらねばよいがと、十左衛門は心を痛めるのだった。

四

目付の仕事の一つに、「賜り物の分配」というものがある。

たとえば今回、肥前佐賀藩三十五万七千石の鍋島家より上様へ、焼き物の皿や碗など多数の献上品があり、それを上様がご自分の臣下である役人たちに下賜することになって、それをどの役方のどういう者らに分けて与えるのが適当か、その分配を目付が出張っていって決めてやらねばならないのである。

目付は幕臣全体を監察し、把握しているはずだから、目付方に分配を任せておけば、役人らそれぞれの日頃の勤怠に見合った分配ができるであろうという、上つ方の判断によるものだった。

今回、鍋島家より献上された焼き物は、「御殿の台所にてお使いいただけるように」と、大皿小皿、蓋物に、大鉢小鉢と、さまざまな品物が大量にあるため、仕分けも煩雑な作業になった。

とはいえその焼き物の分配を、何千人といる幕府の役人全員を対象に考える訳にもいかない。

したがって「〇〇方の何某に」と上様よりのご指定がないかぎり、賜り物のある際には順番に、「前回は〇〇方に分けたゆえ、今度は〇〇方に……」などと、できるだけ公平に分配できるよう心がけていた。

そしてこの分配役を、目付十人のうちの誰に任せれば、揉め事なく潤滑に賜り物を配ることができるか、目付筆頭の十左衛門としては、そのあたりにも気を使わなければならなかった。

たとえば桐野仁之丞のように、新任で二十五歳の若い目付に任せても、こうした仕事は上手くいかない。

「俺とあいつは同輩で、どちらが上という訳でもないのに、あいつは立派な大皿をいただいて、俺がほうは、ちんまりとした小皿を二枚きりというのでは、あまりに不公平ではないか」

などと、賜り物の分配では、どうしても不満不平があちこちから噴出するのが常だから、そうしたわがままを言わせぬためにも、デンとして威厳のある目付が差配してやらねばならない。

すると必定、十人のなかでも年かさで抑えの利く目付を選ばねばならず、適任といえるのは筆頭の十左衛門のほかには、小原孫九郎ただ一人であった。

小原は目付のなかでは最高齢の四十六歳であるだけではなく、家禄二千石もの古参大身(たいしん)の家柄なのである。

おまけに小原は性格が大らかで、自分自身に物欲がないため、こうした分配の際、皆も自分と同様に、「何がもらえるかなどということに、不平不満を感じる訳がない」と信じている風がある。上様より何かを賜るということは、日頃の自分の忠勤を認めていただけたということで、それ自体が誇らしく有難き幸せなのだと、小原は賜り物の分配の際には必ず皆にそう言うのだ。

小原のそうした考えは心底からのものであり、一点の迷いも、揺るぎもない。その邪気のなさと、四十六歳という年齢と、大身の古参旗本という家柄のよさが相まって、たいていの者たちは自分にどの品物が当たっても、小原に文句を言うことができないのである。

そんな訳で今回の焼き物の分配も小原に任せることにしたのだが、十左衛門はちと思うところがあって、小原にも相談の上、今回に限っては自分も一緒に分配の任に就くことにした。

それというのも今回、賜り物を受け取る役方のなかに、小堀笑阿弥ら同朋頭が支配する同朋や表坊主、奥坊主たちが含まれているのである。

十左衛門は今、『小堀笑阿弥』が、気になって仕方がなかった。

先日、小堀が妹尾家を訪ねてきて二人きり話をしたあの時、小堀は立野を味噌に毒草を入れた犯人と決めつけて、

「味噌に苦菜(にがな)を細こう刻んで混ぜ込むなどと、さすがに台所方のいたす悪事は違いますな」

と、そう言ったのである。

緘口令(かんこうれい)が敷かれて、台所方や目付方以外は知らないはずの情報を、なぜ小堀が知っていたのか。緘口令がきちんと守られているのなら、賄いに入っていた毒が「刻んだ毒草」であった事実は、おそらく犯人しか知り得ないことなのだ。

やはり十左衛門は目付として、どうしても小堀を疑って、小堀を調べなければならなかった。

だが同朋方の者たちは、日頃、老中や若年寄の雑用を請け負って御用部屋で働いているため、目付方の目の届く場所には、ほとんど出てこない。それゆえ小堀笑阿弥を間近で観察できるこんな好機を逃す訳にはいかなかった。

「いや、まさか、妹尾さまお手ずからお配りいただけるとは、思うてもございませんでした」

賜り物を並べておいた座敷に入ってくるなりそう言って、小堀は真っ先に十左衛門のもとに近づいてきた。

今日の小堀は、先日の陰湿な顔つきが嘘のように、穏やかに微笑(ほほえ)んでいる。この顔は、十左衛門が今までずっと「小堀どのは、こうしたお方」と信じて好ましく思っていた、人格者の顔であった。

「小堀どの」

こちらもいつもの調子に戻って、十左衛門は小堀に笑みを返した。

「先日はご事情のほどお知らせくださり、まことにかたじけのうござった」

「いえ、不調法にも、押しかけなどいたしまして……」

小堀はそう言って改めて小腰を屈めると、

「では小原さまにも、ご挨拶をしてまいります」

と、少し離れたところで賜り物の準備をしている小原のもとへと去っていった。

今回、賜り物をいただく役方は大きく分けて二つ、『同朋方』と『数寄屋方(すきやがた)』である。

同朋方はいわば本丸御殿の執事のような役方で、長官である三人の同朋頭の下に、平(ひら)の同朋が八人と、二百四十人近くの表坊主、百三十人あまりの奥坊主のいる大所帯である。

一方の数寄屋方はいわゆる「茶坊主」というやつで、御殿内の飲茶関係のすべてを管理しており、本丸御殿にふさわしい上等な茶を点てて、江戸城を訪れる大名ら外部の者たちに幕府権力を見せつけることにも一役買っている。

こちらも三人の数寄屋頭を長官に、数寄屋坊主が五十名あまりもいるのだが、つまりは同朋方と数寄屋方の双方を合わせると、優に四百人を超える人数となり、この人数すべてに賜り物の焼き物を配るのは無理な話であった。

それゆえ「今回はまず、頭格の者らだけ」ということになり、双方の役方の頭と組頭のみが集まっている。

同朋方の人数は、同朋頭三人と同朋八人、表坊主組頭九人、奥坊主組頭二人の合計二十二人。対して数寄屋方は、数寄屋頭三人と数寄屋坊主組頭七人の合計十人。頭格だけでも三十人あまりが、今ここに集合していた。

なかでも、おそらく組頭格の者たちなのであろう、座敷の壁に沿ってずらりと並んだ佐賀藩自慢の焼き物の数々を品定めして、さすがに手に取りまではしないものの、皿や器の前まで行って、あれこれと談義している。

その行為を浅ましく感じたか、小堀笑阿弥が顔つきを険しくして、自分の配下も数寄屋方の配下も一まとめに、鋭く戒めた。

「黙らっしゃい！　畏れ多くも、上様よりの賜り物にあれこれ申すなど、言語道断。疾く、こちらに戻ってお控えなされ！」

「小堀どの、よう申された」

　横手からそう言ったのは、目付の小原孫九郎である。

　同じ目付として小原には、十左衛門が『小堀笑阿弥』を注視して観察していることは知らせてあるのだが、小原はとにかく裏のない性質なので、今の小堀の説教を大いに気に入ったらしい。満足そうに小堀に大きくうなずいて見せてから、いよいよ分配の指揮を執り始めた。

「こたびの賜り物は、肥前佐賀藩・鍋島家よりご献上の焼き物でござる。大皿小皿、蓋物に鉢と、総計で八十四点。なかより、まずは双方が御頭六名より、順次、引き渡しをいたしたく存ずるが……」

　今、分配のために場を借りて使っているのは、日頃は大名たちが控えの間として使用する『柳之間』と呼ばれる大座敷である。

　この柳之間は空いている時に限り目付方にも使用を許されているため、この大座敷を使っているのだが、西側と東側の壁沿いに同等に分けて、焼き物がずらりと並べられている様子は、なかなかに壮観であった。

まずは直径にして二尺（六十センチ位）はあろうかという、しごく立派な大皿が、西側に三枚、東側にも三枚。

次には直径一尺（三十センチ位）ほどの、これもなかなかに立派な大皿が、西と東に十枚ずつあり、あとは中皿だの小皿だの、大きめの鉢だの小鉢だの蓋物だのと、とにかくちょうど半分ずつに西と東に分けられている。

「なれば、大皿の六枚を、同朋方・数寄屋方双方の頭に一つずつ……」

そう言って、小原が具体的に分け始めようとした時である。

「いえ。さようにお手間をおかけする訳にはまいりませぬ」

横手から、そう小堀が言い出した。

「拝見をいたしますに、ちょうど両側、同等の品物が同じ数だけ揃っているようにございますので、その西側をお数寄屋方に、東のほうを我ら同朋方にといただきまして、あとはそれぞれ分けさせていただきますゆえ」

「おう、さようか。有難い。なればそうしてお任せをいたそうか」

小原がそう言いかけたのを横から止めるようにして、

「あの、御目付さま！」

と、口を挟んできた者があった。見れば、表坊主組頭の一人で、河辺袁徳という男である。

「なれど、その、あちらのお数寄屋方は十人で、私どもは倍がところの二十二人もおりますので……」

「黙らぬか、袁徳！」

横から叱りつけたのは、小堀笑阿弥である。

「おまえという奴は、何という浅ましいことを……」

わなわなと声を震わせてそう言うと、小堀は河辺袁徳に向かい、高々と右手を振り上げた。

「おまえのような者がいるから、我らが蔑みを受けるのだ！」

声高に言いながら、小堀は何度も袁徳に平手打ちをし続けた。

「物を見ればすぐに欲しがり、客を見れば平気で小遣いをせびるゆえ、『金を放れば、坊主頭は何でもする』と物乞いのごとく扱われるのだ。恥を知れっ！」

「ひぃッ！」

小堀の平手打ちから逃げようと、袁徳が両手で頭を覆って身を縮めると、小堀はその袁徳の胸倉をつかんで引き上げて、なおも執拗に叩き続けている。

同朋頭のそのあまりの怒気に飲まれて、他の同朋や坊主たちは声をかけることさえできずにいるらしい。

「小堀どの！　相判った。もうよろしかろう」

そう言って、小堀を後ろから羽交い絞めに止めたのは、小原孫九郎である。

「お心ばえ、天晴れである。しかして、もうご配下にも、そなたの高邁なるお考えのほどは、ようよう伝わっておられようて」

「…………」

だが小堀は、まだまるで怒りが治まらぬようで、振り上げた手を後ろから小原孫九郎にがっちりと押さえられて、悔しそうに顔を歪めている。

目を吊り上げ、眉根と鼻に皺を寄せ、唇をぶるぶると震わせながら引き攣らせているその顔は、十左衛門にはとてものこと、小原のように「天晴れ」とは思えぬのだった。

五

焼き物の分配を終えて、小原とともに目付部屋へと戻ってからのことである。

十左衛門は一人、文机を前に書き物をしながらも、さっきから小堀のことばかりを考え続けていた。

小堀という男の真髄が、ようやく見えてきたような気がする。

おそらく小堀は剃髪の形だけで、十把一絡げに「坊主」と呼ばれるのが、たまらなく嫌なのであろう。

むろん表坊主や奥坊主、数寄屋坊主などとは違い、同朋や同朋頭は御家人ではなく、れっきとした旗本である。勤めの場所も一介の諸役人などには立ち入ることさえ許されない御用部屋であり、老中や若年寄といった幕府最高峰の役人の手足となって働いているのだから、それなりの自負もあるだろう。

だが形は、頭を丸めた「坊主」なのである。別に出家している訳でもなく、他の諸役の者たちといっこう変わらぬ、ただの幕府の役人なのに、自分たち同朋方や数寄屋方だけが剃髪のいわば異形で、「坊主」「坊主」と軽々しく呼称されながら、城のなかを雑用に駆けまわっているのだ。

一般の城勤めの役人たちが、同朋方や数寄屋方の者たちを「坊主」と呼んで、どことなく蔑んでいる風があるのは、よろしくないことではあるが、事実である。

「頭を丸めねばならない」というのは、武士としては普通よりも一段、無防備に近い状態を強いられていることで、おそらくそれが城の「坊主」たちを蔑む風を生んでいるのであろうが、蔑みの原因は、実は剃髪の見た目だけではなかった。

坊主頭の諸役のなかでも、こと表坊主たちは、城に不慣れな大名たちの足元を見て、安からぬ小遣いをもらって媚を売る輩が多い。そうした表坊主たちの姿を、羨ましくも浅ましいと眺める他の役方の者たちが、「金を放ってやりさえすれば、坊主どもは犬の真似でも平気でする」などと揶揄するのも事実であった。

つい先ほどの分配でも、浅ましさを平気で体現してくる坊主がいることが、小堀には許せなかったに違いない。そして頭を丸めた形でいるかぎり、同朋頭の自分とて、そうした志の低い坊主たちと一緒くたにされて蔑まれるのだ。

つまり小堀は、自分が「坊主」であることにも、世間が「坊主」と蔑んでくることにも、憎悪している。

(なぜだ？　なぜ急に小堀は、自分の職や世間をあれほどに憎悪するようになったのだ？)

小堀のような同朋たちは、世襲である。

先祖代々、同朋の職に就くため、若き頃より同朋見習いとして城に上がって仕事を覚え、一人前の同朋となった後に「切れ者」として頭角を現せば、役高・百俵十人扶持の平の同朋から、役高・二百俵の同朋頭に出世もできて、現に小堀はその同朋頭に登りつめているのだ。

むろん「坊主」と十把一絡げにされて軽んじられることには、常に悔しさを感じているに違いない。だが四十を越えた今になって、思い出したように自分の世襲の職を憎み、「坊主」と揶揄する世間を憎み始めるというのが、十左衛門には、どうにも納得がいかないのである。

十左衛門の気持ちのなかには、いまだにどこか小堀笑阿弥を好ましく、身内のように、友のように、感じる部分がある。互いに亡き妻を偲び、妻子のない孤独を愁い、ともに涙も隠さずに語り合えたあの時は、「正直、自分の根っこの部分までを深く理解してくれるのは、義弟の斗三郎のほかには、この小堀どのだけだ」と、しみじみとそう思ったのだ。

(その『小堀どの』に、こうして今は目付として、目を付けねばならぬとは……)

文机の前、十左衛門が重いため息をついた時である。

目付の荻生朔之助が情報を持って、目付部屋に飛び込んできた。

「ご筆頭！　先般の内海靖兵衛が屋敷の火付けに、ちと動きがございました」

内海の屋敷が焼かれて以来、荻生と稲葉は受け持ちを二手に分けて、台所方の見張りの監督を稲葉徹太郎が、内海家の放火の調査は荻生朔之助がと、それぞれに頑張っていたらしい。

そして昨夜、半鐘が鳴り響くほどではなかったが、牛込の岩戸町で小火騒ぎがあり、火事場見廻出役の田山佐久右衛門が家臣たちを引き連れて、不審者はいないか探しまわっていたところ、以前から「怪しい」と目を付けていた三十がらみの男が、またも現場をうろついていたというのだ。

いざ男を捕まえてみると、案の定、火打石を懐に隠し持っている。

火事場の不審者の取り調べについては権限を与えられている田山に、さんざんに責め立てられて、男はこのあたりの放火について自白し始めたという。

「されど、こと内海が屋敷については、絶対に自分ではないと言い張っておりますそうで」

「自分ではない、と？」

「はい」

たしかにあの晩、自分も火付けの場所を求めて、市ヶ谷の御納戸町のあたりをうろついていたのだが、「ここぞ」という場所が見つからずにいるうちに、どこかで半鐘が鳴り始めて、続々と道に出てきた野次馬たちの後をついていくと、御納戸町のすぐ隣の山伏町で小ぶりな武家屋敷の一軒が火に包まれていたのだという。

「ですが、その男、火事を見ていた野次馬のなかに、『火付けの張本人を見かけた』と申したそうにございまして……」

内海の屋敷の前の通りは野次馬でいっぱいになっており、男は自分が火付けした場所ではないから気楽に長々と見物していたそうなのだが、つと後ろから「ふっ」と、せせら笑うような声が聞こえてきた。

こんな場で、つい笑みを浮かべてしまうのは、火付け犯にありがちなことである。男は自分の経験からピンときて、思わず振り返ると、せせら笑った本人であろう女は踵(きびす)を返して、慌てて逃げていったという。

とはいえ『女』と見えたのは、着ていた着物が女物なうえに、頭にも濃紫の御高祖(おこそ)頭巾(ずきん)を被っていたからで、背の高さや肩幅の広さからすれば、おそらく女ではないだろう。

そう思いながら、逃げていく後ろ姿を目で追っていると、案の定、野次馬たちの間を掻き分けて逃げようとした女の御高祖頭巾がずるりと落ちて、なかから寺の僧侶と見える坊主頭が現れたのだそうである。

「なに？　坊主頭が……」

思わず十左衛門が身を乗り出すと、荻生は「はい」と、ちょっと自慢げな顔つきになった。

「やはり火をかけましたのは、内海に恨みのある者なのでございましょう。坊主頭と申すのでございますから、順当に考えれば、縁組の仲立ちをして内海に顔を潰された小堀笑阿弥か、不当な嫁をつかまされた奥坊主組頭の谷村仙佑か、と……」

「うむ……」

どうやら少し、見えてきたようである。

「なれば荻生どの、谷村仙佑の調査(しらべ)を頼む。小堀がほうは、引き続き拙者があたってみる」

「心得ましてござりまする」

さっそく調査の手はずをつけるつもりなのだろう、荻生は部屋にいた徒目付を呼んで、何やら指示を出している。

こちらはどう調べをつければいいものかと、十左衛門も考え始めるのだった。

六

三日後の昼下がりのことである。

十左衛門は、かねて文にて面談を申し入れておいた若年寄・小出信濃守と二人きり、余人を入れず向き合っていた。

「して、十左よ。おぬし、小堀笑阿弥がことで訊きたいというのは何だ？」

「はい。それが……」

今、二人がいるのは、小出信濃守専用の下部屋のなかである。

下部屋は城勤めの役人たちが着替えや休憩などに使う控え室なのだが、普通は一つの役方に対して一部屋か、せいぜい二部屋もらえるだけの下部屋を、老中方と若年寄方だけは一人に一部屋ずつ、個室のようにもらえていた。

その小出信濃守の下部屋に、十左衛門はお邪魔しているのである。

同朋たちは、日々、御用部屋に詰めて、老中や若年寄から命じられる雑用仕事をこなしているゆえ、いわば配下のようなものである。ことに小堀は、まだ同朋見習いだった若い頃より、二十年近くも御用部屋で勤めている。

一方、今年で六十歳になった小出信濃守も、すでに十八年間、若年寄の職に就き続けている練達者で、必定、小堀笑阿弥とはずいぶんと長い付き合いである。

それゆえこたび十左衛門は、小堀についてさまざま教えてもらおうと、小出信濃守に願い出の文を出して、忙しいなか時間を作ってもらったのだ。

「……なに？　ではそなたが聞きたいと申すは、勤めの上のことではなく、小堀が女房のことか？」

「はい。すでに亡くなられているのは重々承知なのでございますが、できればその前後の次第なりと……」

「…………」

十左衛門の言葉に、信濃守は、はっきりと難色を示した。

「さようなことを知って、どうしようというのだ？　そなたのことゆえ、興味本位という訳ではあるまいが……」

「むろん、目付の職としてのことにござりまする」

きっぱりと十左衛門もそう言って、信濃守に向けて目を上げた。

「ご存じの通り、私も妻を亡くしておりますので、以前、小堀どのと世間話に、互いについて話しました時には、辛(つら)いあたりは訊かず話さずでおりましたのですが、こたびばかりは、そうもいかなくなりまして」

「さようか……」

小出信濃守は一つ大きく息を吐き、「相判った」とうなずいた。

「小堀が妻女を亡くしたは、そなたよりは少し後……。さよう、もう三年ほどは前になるか」

小堀の妻は名を「満江」といい、小堀よりは十三も年下であったという。

「どうも坊主や同朋というのは、見た目が僧形で厳ついせいか、あまり縁組では好かれぬものでな。笑阿弥なんぞは男ぶりも悪くなく、勤めのほうもそなた同様、若い頃より『利け者』で通っていたゆえ、引く手あまたと思うておったのだが……」

小堀笑阿弥も存外、縁談が持ち込まれずに、気がつけば三十を越えていた。

その小堀を案じて、当時の同朋頭の一人が八方に手を尽くして、ようやく百俵十五人扶持の馬方の娘を、娶わせてやったのだという。

「その満江というのがまだ十八で、十三も歳が離れていた上に、見目も気立てもいいらしいというので、あの頃はだいぶ御用部屋でもからかわれておってなあ。笑阿弥もよい顔をして、随分と照れておったものだが……」

同朋たちの話によれば、小堀は妻と仲が良く、子が出来ぬのが不思議だと言われていたほどであったが、いつの頃からか、小出信濃守ら御用部屋の要人たちの耳にも、「小堀の妻が気を病んでいるらしい」と噂に聞こえてくるようになった。

仲が良く、おまけに歳が離れているせいか、満江はまるで幼子が親を慕って離れないように、夫の笑阿弥が自分の見える範囲にいないと不安が高じて泣き出して、家中を探しまわるほどだったらしい。

小堀は自分が勤めに出ている時はなるべく妻を寝かせておこうと、家にいる間は満江にずっと付き合って、夜でも寝ずに話をしたり、遊んでやったりしていたという。

「笑阿弥は愚痴を言わぬゆえ、どれほど前からそうした風であったのか、わしらには判らぬのだが、満足に寝ておらなんだせいか、ひどい顔をしておってなあ。さすがにちと気になり出した矢先に、事が起きたのだ……」

満江の病状はひどく、奉公人の女中では、夫の笑阿弥を探して外にまで出ていってしまう満江をとめることができなくて、仕方なく小堀は満江の実家の母親に頼んで、自分の勤めの間だけ見てもらっていた。

だがその母親も連日の疲れゆえか、ついふっと寝入ってしまっていたらしい。そのわずかな間に、満江は夫を探しに外に出てしまったらしく、屋敷に戻らなくなった。

報せの文は城にいた小堀の手元にまで届いたゆえ、小出信濃守ら御用部屋の面々も許しを出して、すぐに帰してやったのだが、夫の小堀や母親、小堀家の奉公人や満江の実家の者たちまでが総出で探しても、いっこうに見つからない。

満江が出ていったらしい朝方から時ばかりが過ぎていき、昼になり、夕方になり、夜になっても見つからなかったが、夜半遅く、思いがけないところで見つかった。

外神田の相生町という町場で起こった火事に、巻き込まれていたのである。

幕府で代々同朋を務める小堀家の拝領屋敷は、その相生町からもさほど遠くない、外神田の同朋町という場所にある。

外神田には相生町ばかりではなく町場が広がっているため、小堀ら家族たちも皆で八方に散りながら町場のほうも探していたのだが、夜になって、半鐘が鳴り、近くで火事が起きたことに小堀も気がついた。

「嫌な予感がいたしたそうだ……」

その悪い予感を払拭してしまおうと、小堀はわざと野次馬たちの向かうほうに走り、相生町の火事場に着いた。

燃えているのはおそらく何かの大店で、すでに燃え広がりを防止するために、町火消の連中が集まって家を壊している最中であったが、ふと見ると、少し離れた路上の隅に広く筵が敷き伸べられてあり、人だかりがしている。

再びひどく襲ってきた嫌な予感に小さく震えながら、人だかりの内部を覗くと、火事に巻き込まれて亡くなったらしい幾人かが寝かされていて、それぞれ遺族らしき人々が亡骸に取りついて泣いていたが、泣き叫んでいるそのなかの一人に、何と満江の母親がいたのである。

小堀の嫌な予感は当たり、満江は火事に巻き込まれて、命を落としていたのである。後で判ったことだったが、満江は火事になった煎餅屋の女隠居に拾われて、家に置いてもらっていたらしい。

近所の者がその女隠居から聞いた話では、その日の日暮れ頃、いかにも寝巻のあられもない格好で町なかをふらついていた満江を見つけ、このままでは誰かに乱暴されるかもしれないと、自分の家に連れてきて、飯や煎餅をふるまってやったりしていたそうだった。

「当時、笑阿弥の縁談をまとめた同朋頭が申していたのだが、あの頃は、ひどい噂も立ったそうでな。『気狂いの武家女など拾ったばかりに、行灯でも倒されて火がまわったに違いない』と、随分な言われようをしたそうだ」

「さようでございましたか……」

聞き終えて、十左衛門は重い心に、さらに重石を載せられたような気がしていた。

幸も不幸も、人と比べるべきものではないと思ってはいるが、それでも今、やはり自分と小堀とを比べている自分がいた。

小堀はこちらの、妻・与野が病で亡くなった次第を、知っているのであろうか。

与野に死なれた時、自分はしばらく、ひどい無力感や虚脱感に苛まれていた。日々普通にお役目をこなしているつもりでも、斗三郎や同僚の目付たちにしきりに案じられて、それをかえって煩わしく感じて、「そんなに自分が危なっかしく思われているのなら、いっそお役目を返上し、妹尾家の禄も返して、そのまま与野の後を追って死んでしまおうか」などと、幾度も繰り返し、繰り返し、妻に死なれた八つ当たりのようにそんなことを考えていた。

だがそんな自分とは、おそらく比べものにならないほどに、小堀笑阿弥は辛かったに違いないと、十左衛門が、ああ思い、こう思いしていた時だった。

前で小出信濃守が、つと声を落として言った。

「ご妻女があぁして気鬱の病になったのは、やはり笑阿弥があまりにも強すぎたゆえであろうな」

「強すぎた？」

「うむ……」

小出信濃守はゆっくりとうなずいて、先を続けた。

「とにかく笑阿弥は昔から、付け届けや賄賂（まいない）といった胡麻（ごま）すりが嫌いでな。おそらく『同朋』という先祖代々の御役に矜持（きょうじ）もあったのであろうが、『胡麻などはすらずとも、とにかく日々精一杯の成果を出せるよう努（つと）めればよいことだ』と、若い頃より同僚や配下にも説教をしていたらしい……」

その矜持の強さは、俗に「坊主」と呼ばれる自分らの役方全体の地位までを押し上げようというほどだったらしく、小堀は、大名たちからできるだけ多くの付け届けをもらおうとする表坊主たちを、よく叱りつけていたという。

「『小遣いなんぞもらうから、犬に成り下がるのだ』と、小堀にすれば、そういうことであったのだろうが、二百俵高の旗本である小堀と、二十俵二人扶持の表坊主たちでは比べものにならぬゆえな。大名に小遣いもせびらず、自分の金だけで暮らしていけと言われても、やはり無理はあろうて」

小堀のそうした無理難題の清廉潔白さに腹を立て、おそらくは表坊主あたりが、小堀に嫌がらせをしたらしい。

同朋町の小堀の屋敷には、「坊主のくせに、生意気だ」とか、「どうせどこぞの大名家より、しこたまもらっているに違いない」とか、「馬方の女房の家にも、金をまわしているのだろう」などと毎日のように投げ文が放り込まれて、その執拗な仕打ちに徐々に満江が精神を病んでいったのではないかと、当時の同朋頭たちから、老中や若年寄方はそう聞いていたという。

「その事実は、小堀どのも……？」

十左衛門が訊ねると、信濃守は首を横に振った。

「こちらもあえて訊かぬゆえ、真相は判らぬが、おそらく当時の同朋頭たちも、小堀にだけは知られぬようにしておったであろう。配下の坊主どもにやられたと知り、『身内のなかに仇がいる』と憎まねばならぬよりは、『坊主ゆえ世間に嫌われたのだ』と信じるほうが、まだしもであろうからな」

「……さようでございましょうか」

十左衛門は思わず、そう反論してしまったが、小出信濃守には、「さようでございますか」とでも聞こえていたようである。

信濃守が次に言ってきたのは、まったく違うことであった。

「して、十左衛門。そなたは笑阿弥の、一体、何を疑っておるのだ？」

「…………」

真っ直ぐに訊かれて、十左衛門も覚悟を決めた。

高官の若年寄をこうして呼び出しておいて、自分のほうは黙っているという訳にはいかない。小堀笑阿弥に対する疑いも共感も、まだぐらぐらと自分のなかで揺れ放題に揺れていて、本当は口に出したくなかったが、若年寄を前にした今、やはり目付としては、ある程度のことまでは報告しなければならない。

「実は……」

十左衛門は、腹を括（くく）って話し始めた。

「くだんの『毒』のことなのでございますが、小堀どのはその毒につきまして、味噌のなかに仕込まれていたことも、刻んだ毒草が入っていたことも、ご存じでございましたもので……」

「…………」

と、信濃守は考えるような顔つきになった。

「そういえば、緘口令を敷いたな」

「はい」

はっきりと十左衛門が返事をすると、信濃守は難しい顔になった。

「……だが台所方の誰ぞが、つい口を滑らせて、それが小堀の耳に入ったのやもしれぬではないか」

「…………」

そうかもしれません、などと口先ばかりの肯定さえしない十左衛門に、信濃守は見るからに不機嫌になった。

「では、おぬし、笑阿弥がやったと申すのか？」

「いえ、そうではございませぬ。ただ小堀どのには、ご配下の谷村仙佑どのをしごく可愛がっておられたようにございますゆえ」

「『谷村』というと……、おう、あの奥坊主組頭か」

「はい」

立野が起こした刃傷沙汰の後に、小堀笑阿弥が突然、妹尾家を訪ねてきた時の次第を、十左衛門は小出信濃守に話して聞かせた。

あの訪問の最後に、小堀がなぜか台所の味噌樽のことに話を移して、「毒が入っていたのは味噌樽のなかだと噂で聞いたが、毒を入れた者にもう目星はついているのか？」だの、「味噌樽のなかに、どんな風に毒が入っていたのか」だのと、十左衛門にしつこく訊いてきたことも報告したのである。

「ふむ……」

聞き終えて、信濃守はまた考えるような顔つきになった。

「おぬしが疑う理由(わけ)は判った……。だが十左、早計に過ぎるぞ。証(あかし)の一つもないではないか」

上役らしく戒めると、信濃守は改めて十左衛門と目を合わせてきた。

「どうした、十左衛門。おぬしらしくもない。何ゆえそうして執拗に、笑阿弥ばかりを疑うのだ？」

「小堀どのばかりに、そうしている訳ではござりませぬ」

はっきりと否定をすると、十左衛門は後を続けた。

「台所方に不審があればと、そちらは稲葉がいまだ監視を続けておりますし、奥坊主組頭の谷村仙佑につきましては、荻生が今、調べをつけている最中でございます。その上で、小堀どのには私が目を付けておりますだけで……」

幕閣の役方のなかでは二番目に位置する高官の若年寄を相手に、十左衛門はきっぱりと続けてこう言った。

「目付は『目を付ける』のが、何よりのお役目にござりまする。危うき処(ところ)、怪しき処のある場合(とき)には、目付方、皆でいっせいに手を分けてでも、すべての処に目を付けて探りまする。それ以上でも、それ以下でもござりませぬ」

「…………」

小出信濃守はわざと大きくため息をついて見せると、苦虫を嚙み潰したような顔をして言った。

「おぬしといい、笑阿弥といい、わしが傍には、どうしてこうも頑固者ばかりが集まるものか……」

「信濃守さま……」

考えてみれば、こちらが忙しい若年寄を無理に呼び出したのである。

さすがにこの啖呵はなかったかと、十左衛門が後悔していると、それを鋭く見て取ったか、「ふん」と信濃守は鼻を鳴らした。

「まあよい。好きにせい。したが、『笑阿弥』は違うと思うぞ」

「…………」

まだやはり、社交辞令にも返事をしない十左衛門に苦笑しながら、小出信濃守は立ち上がった。

「忙しい。わしは帰るぞ。ほれ、おぬしも去ね。ここは、わしが部屋だ」

「はい。まことに申し訳ございませぬ。ただいま……」

と、本気で慌てて立ち上がった十左衛門に笑いながら、小出信濃守は、気に入りの頑固者の一人を連れて、下部屋を後にするのだった。

七

「…………」

その二人が下部屋から去っていく足音を、じっと潜んで聞いていた者がある。

信濃守気に入りの頑固者のもう一人、小堀笑阿弥であった。

若年寄方専用の下部屋は、それぞれが個室になっていて、七つもある。だが今、若年寄は小出信濃守を含めても五人しかいないため、古株の信濃守の隣の部屋は、敬意を払って空き部屋にしてあるのだ。

その隣の空き部屋に、小堀笑阿弥はじっと潜んで、二人の話を初めから全て聞いていたのである。

十左衛門が小堀に感づかれた敗因は、目付部屋付きの表坊主だった。

目付部屋には専属で表坊主が幾人も配されているのだが、部屋にいればどうしても耳に入ってしまう目付どうしの内密の話を、金に転んで外部の者に漏らしたりせぬよう、十五歳以下の子供の坊主だけを選んで目付部屋の専属に就けている。

世俗の垢(あか)にまみれた大人より、純粋無垢な子供のほうが信用できるからで、現に十

左衛門は新しく目付部屋に坊主が来ると、

「おぬしらは坊主ではあるけれども、目付方の一員でもある。それを常々忘れずに頭に置いて、ここでのことは他の役方や、そなたらの上役の坊主たちにはもちろん、親にも兄弟にも話さずに、目付の我らと同様、必ずや秘密を守ってくれ」

と、一対一で腹を割って、じっくりと話をするのである。

そのためか、「目付部屋の小坊主たちは、貝よりも口が堅い」と城内では評判であるのだが、今回はその生真面目さが裏目に出た。

たとえば目付の十左衛門が若年寄方の信濃守に文書を送らねばならない場合、通常の、人に見られても構わないような内容ならば、こうなる。

まずは十左衛門が目付部屋で専属の小坊主に文書を託し、それを小坊主が若年寄のいる御用部屋の前まで運んでいくと、部屋前の廊下のような小座敷に控えている『御用部屋坊主』の誰かが受け取って、小坊主は帰らせ、その御用部屋坊主の手で小出信濃守に手渡されるのである。

だが今回、十左衛門は文に封をした上で、目付部屋の小坊主に託す際、ちと余計なことを言った。

「これはなるべく他人(ひと)に知られたくないものだから、できればあまり目立たぬように、小出信濃守さまに手渡して欲しい」

と、そういう風に頼んだのである。

それゆえ十四歳の小坊主は、御用部屋の前に着いて、大人の御用部屋坊主に「ほれ。早く、こちらに貸せ」というように手を出された時、「結構でございます」と首を横に振ってしまった。そうして先輩坊主たちが驚いているのを尻目に、「失礼をいたします」と自ら御用部屋に入っていき、小出信濃守に直に手渡しをしたのである。

「何だ？　十左か？」

目を丸くした小出信濃守にそう訊かれて、「はい」と真剣な顔をして、素直に返事をしてしまったのも悪かった。

御用部屋の続きの小座敷には、同朋も同朋頭も控えており、そこには当然、小堀笑阿弥も座していたのである。

この常ならぬ目付部屋坊主の動きに、小堀は鋭く尋常でない何かを感じ取ったという訳だった。

そうして小出信濃守の動きを気をつけて観察していれば、今日、信濃守の下部屋で、十左衛門と面談しそうであることは読める。今はもう夕方に近い時刻で、他の若年寄や老中たちは自宅に戻ってしまっているため、小出信濃守の下部屋の隣に忍び込むのは、しごく簡単であったのだ。

「………」

もうとうに信濃守と十左衛門の足音は消えてなくなり、隣の下部屋も小堀のいるこの部屋も、しんと静まり返っている。

その静寂のなかで、小堀はぎゅっと握り締めた両手のこぶしを、悔しく、情けなく、何度も何度も畳に打ち付けるのだった。

八

「ご筆頭！　谷村仙佑が……！」

目付の荻生朔之助がそう言って、稲葉徹太郎とともに目付部屋へと駆け込んできたのは、十月の終わりのある昼下がりのことであった。

かねてより荻生が調べていた奥坊主組頭の谷村仙佑が、何者かの手によって殺されていたのが、今日、昼過ぎになって判明したのである。

実は昨日、仙佑は非番で、朝がた湯島（ゆしま）の竹町（たけちょう）にある自分の屋敷を出た後、夜になっても戻らず、今朝の、勤めで城に向かわねばならない時刻になっても戻らずに、仙佑の老いた父母や下働きの女中は案じていたのだという。

普通なら、武家の当主が外出する際には、それなりの人数の供の者がついて歩く。だが仙佑の谷村家は五十俵二人扶持の小身で、家族も自分や両親のほかに、寝たきりの祖母もいるゆえ、奉公人は女中一人しか雇えない。こうした小身の武家では、当主が一人で供もなく外出するのも、よくあることではあった。

おまけに仙佑は、やっともらった嫁を離縁して以来、荒れていて、非番になれば夜遅くまで外を出歩き、深酒をして帰ってくる日が続いていた。

それでも城勤めの朝には、きちんと家に戻ってきて身支度をし、時刻通りに登城していたのだが、昨夜はとうとう帰宅せず、こんな次第になっていたという訳だった。

「して、仙佑は、どこで見つかったのだ？」

十左衛門が訊ねると、横手から稲葉のほうが答えてきた。

「谷村仙佑が屋敷の傍に、三念寺(さんねんじ)という寺がありまして、境内の隅のあまり人の来ないところに、打ち捨ててあったそうにござりまする」

「寺か……」

神社や寺は、寺社奉行の支配である。したがって寺社の境内で死人(しびと)が発見されたりすれば、ただちにその寺社から寺社奉行のもとへ連絡が入り、そちらの手の者が死人の身元を調べたり、犯人探しをしたりすることとなるのである。

つまり目付方のこちらは、これまでのように簡単には手出しができなくなったということであった。

「まことに申し訳ございません。私が早く決め手をつかんでおりましたならば……」

意気消沈しているのは、荻生朔之助である。

先般、火事場見廻出役である田山に捕まった火付け犯の話から、荻生は谷村仙佑を疑い、田山にも協力を願って、火付け犯の男にこっそり仙佑の姿を見せてみた。

だが、いざそうして見せてみると、男は「判らない」と言い出したのである。

内海の屋敷の前で見かけた時は着ているものも女物であったし、第一、顔を見た訳ではなく後ろ姿だけだから、背格好や肩幅、坊主頭の形だけでは同一人物かどうかなど、証言はできないというのである。

一方で荻生は谷村仙佑を配下の徒目付に見張らせて、不審な動きをせぬか、何ぞ火付けの証拠となるような行動をせぬかと目を付けていたのだが、仙佑は名倉の娘への未練で荒れて、毎晩のように飲み歩くだけで、異常なことは起こらない。

さりとて台所方の見張りで何かが起こる訳でもなく、小堀笑阿弥に目を付けている十左衛門のほうも別段の進展もなしで、稲葉も荻生も十左衛門もいわば八方ふさがりの体のなか、谷村仙佑が殺されてしまったのである。

　昨日も見張りがついていない訳ではなかったのだが、非番で一日飲み歩いていた仙佑が、ようやく自宅のある湯島の竹町に入っていったので、さすがにこのまま屋敷に戻るだろうと、翌朝の登城の時刻まで見張りの手を休めたところで、誰かが待ち構えていたように仙佑の殺害が行われたということであった。

「谷村仙佑は、喉を突かれていたそうにござりまする」

「突かれて？」

「はい。何でも喉に小刀が突き立っておりましたそうで……。かねてより仙佑の見張りにつけてありました者が、『お寺社』配下のふりをして、三念寺の寺男に聞いてまいりました」

　お寺社というのは、むろん寺社奉行のことである。

　俗に「三奉行」と呼ばれる寺社奉行・町奉行・勘定奉行のなかでも、寺社奉行は別格で、大名しか就くことのできない重役である。町奉行や勘定奉行のほうならば旗本が就いているので、幕臣を監察する目付方にも手の出しようがあるのだが、大名職の「お寺社」では、横から手出しをする訳にはいかなかった。

　とはいえ、これから谷村仙佑の周辺すべてを一から寺社奉行配下が調べ始めるとなれば、膨大な時がかかろう。

ここは少々残念でも、目付方がすでに調べた事実はすべて「お寺社」に知らせてやり、調査の時間の短縮をはかるのがよかろうと思われた。

「いたし方ない……」

十左衛門は、これまで頑張ってくれていた同僚目付二人を前にして、重い口を開いた。

「とにかく仙佑が殺しの調査が済まぬことには、火付けのほうも進まぬゆえ、これまでがところを、お寺社のほうに報せにまいろう」

「え……？」

愕然とした顔を隠さずに見せたのは、荻生朔之助である。

すると、荻生が反論し始める前にと急いだか、横手から稲葉が笑って、こう言ってきた。

「ご筆頭がそうおっしゃるであろうことは、『お寺社』の名が出たあたりから、すでに見えてございました」

十左衛門にそう言うと、稲葉は、今度は荻生に向けて笑顔を見せた。

「荻生どの。口惜しゅうはござるが、ここはお寺社にちと恩でも売るつもりで、教えて進ぜましょう。目付方(われら)は何より、すべて良いようにと監督をいたすのが、お役目でございますゆえな」

「稲葉さま……」

台所の味噌樽の一件以来、ずっとともに苦労をして調査を進めてきた稲葉の言葉である。いつもなら黙ってはいないであろう荻生も、あきらめたようだった。

「かたじけない……。お寺社には、精一杯に恩を売ってまいるゆえ、辛抱してくれ」

素直に頭を下げてきた「ご筆頭」に、荻生もさすがに口の端に笑みが浮かんで、この一件は「お寺社待ち」になったのだった。

九

目付方の懐の深さを喜んだ「お寺社」が、張りきって調査し始めた谷村仙佑殺しは、難航を極めているようだった。

「やはり目付方(こちら)が決め手に困っただけはあり、難しいのでございましょうな」

「うむ……」

十左衛門も稲葉と二人、そんな話もしていたが、難航を極めているのはお寺社ばかりではなく、目付方も同じであった。

台所方も小堀のほうも前と変わらず目は付けているのだが、いっこう何も進展らしきものはないのである。

おまけにそもそも目付方には、常に取り上げねばならぬ案件が山積みになっていて、十左衛門はもちろん稲葉や荻生にしてみても、この件だけに時を使える訳ではない。

そうして『味噌』も『火付け』も解決せぬまま、時ばかりが虚しく過ぎていったのである。


そうして明けて、明和四年（一七六七）。正月元旦のことである。

江戸城の本丸御殿では、毎年の行事として、上様への年始の御礼言上がおごそかに始まろうとしていた。

将軍家当主である上様への年始元旦の挨拶は、身分や家格により、御殿内の三ヶ所に座敷を分けて行われる。むろん家格や幕府での役職が良い者から順に、上様に挨拶できる形になっていた。

まず最初に、上様に拝謁できるのは、将軍家の世継と、田安家・一橋家・清水家の御三卿である。

将軍にとって、子供や兄弟、叔父、従兄弟(いとこ)といったような、ごく身内の顔合わせで、それゆえ拝謁の場所も、上様の私的な居所である中奥(なかおく)の『御座之間(ござのま)』という座敷で行われた。

御座之間は、いわば上様の執務室であり、応接室である。

さして広い座敷ではないが、大広間の形を踏襲して、上段之間、下段之間、二之間、三之間と、格式高く造られている。

ごく身内といえども礼は尽くさねばならないので、上様は、上段之間に着座し、まずは世継から順番に一人ずつ、下段之間に参上して、拝謁する。

その際、上様に献上するのは、木製の飾り太刀と目録である。

かわりに上様から賜るのは杯(さかずき)の酒と、時服(じふく)であった。時服というのは、上様からいただく着物のことで、大変に名誉なことであった。

この一連の儀式で、御座之間での年始の御礼言上は終了で、上様は次の接見の場へと向かうのであった。

続いて、次に上様に拝謁できるのは、尾張(おわり)・紀伊(きい)・水戸(みと)の御三家や、加賀(かが)の前田(まえだ)家、越前松平(えちぜんまつだいら)家、彦根(ひこね)の井伊(いい)家などである。

この一行は『白書院(しろしょいん)』という、大広間に次いで大きい公式の客間で拝謁することになっている。

白書院は上段、下段に、大座敷が二つと、格式高く造られており、ここでも上段の間に上様が着座し、挨拶の大名たちが下段にて挨拶を申し上げたり、太刀や目録を献上して、杯酒や時服をいただいたりと、御座之間で行われた儀式が、今まさに始まろうとしていた。


一方、こちらは大広間である。この大広間で上様に拝謁するのは、老中や若年寄以下、譜代の大名たちや、幕府の要職に就いている高位の旗本たちである。

役高・千石の目付は、家格にせよ、役職にせよ、このなかに入ると、かなり見劣りはするのだが、それでもこうして元旦の拝謁の枠に入れてもらえるその訳は、目付が「いざ有事」の際には、老中や若年寄を通さずに、直に上様に「物申す」ことができるからであった。

大広間は、上段之間、中段之間、下段之間、二之間、三之間、四之間と、それをぐるりと囲むようについている畳敷きの廊下すべて合わせると、五百畳近くにもなる。

このうちの二之間と三之間を突き通しにして、合わせて百二十畳ほどもある場所に、老中を先頭に若年寄、寺社奉行などと、家格や役職の軽重に合わせて、ずらりと居並んでいた。

皆がいっせいに前にしているのは、下段之間の襖である。

今は閉じているこの襖の向こう側に、上様が上段から下りてこられ、襖が開いて、自分ら臣下がいっせいに平伏すると、上様が下段の間にお立ちになられたまま、自ら臣下にお声をくださるのだった。

式の流れは、こうである。

まずは襖が開けられると同時に、大目付が臣下たちに向かい、

「彼方(あなた)へ」

と、命じると、一同は揃って平伏する。

そして次には、下段にお立ちであろう上様に向かって、老中の代表が平伏したまま、挨拶の口上をのべるのである。

「いずれも、年始の御礼(おんれい)を申し上げまする」

すると今度は上様から、

「目出度(めでた)い」

と、お声が返ってくる。

「上意を蒙り、有難く存じ上げたてまつりまする」

老中がお礼を申し上げると、襖は閉まり、上様は上段之間へと戻ってお行きになり、式典は終了となる。

臣下たちが献上の飾り刀や目録は、のちに『進物番』という献上物の受け取り役に渡し、代わりに上様から土器の杯に注がれた酒をいただいて、その杯も懐紙に包んでいただき、自分ら臣下も下城するのである。

なお老中ら大名や、町奉行や勘定奉行ら高官の旗本だけには、時服も与えられた。

とはいえ、この大広間の年始の式は、まだ当分の間、始まらない。

例年通りであるならば、今年もまだおそらくは、上様は御座之間にもお出ましになっていないはずである。

だが、この一年にたった一度の晴れがましい良き日、臣下たちは嬉々として、これから何刻もの間、自分に与えられたこの場所に座して待ち続けるのである。

十左衛門の横には年齢の順に、小原、佐竹、蜂谷、西根、清川、稲葉、荻生、赤堀、桐野と、整然と居並んでいる。毎年のことで慣れていることではあるのだが、新年の晴れやかさも相まって、十左衛門も他の九人の目付たちも、気持ちのよい緊張に身を包んでいた。

だが今この時より少し前、十左衛門の駿河台の屋敷には、とんでもない火種が届けられていたのである。

十

十左衛門が元旦の登城に向かって屋敷を出て、しばらくして後のことである。

主人の出勤が済んで、いささか気楽になっている妹尾家の最年少の若党・飯田路之介が、朝の散歩に出て行ってしまったらしい猫の八を探して、門松（かどまつ）の飾られた正門脇の潜り戸を開け、通りに出てきた時である。

「妹尾さまのご家来衆であられまするな？」

出てきたとたん、不意に横手から声をかけられた。

「はい……」

不意打ちに驚いて、路之介はつい、初めて見た大人に会った時の子供のような応対をしてしまったが、すぐに自分が若党であることを思い出し、改めて客人らしきその男に向き直った。

「ご無礼をいたしました。改めまして、私、妹尾十左衛門久継が家臣・飯田路之介と申す者にございます」

「ご丁寧に、痛み入ります。私は、本丸御殿に勤めおります同朋頭の……」

と、男が先を続けようとした時だった。「あっ」と小さく路之介が声を立てた。

「申し訳ございません！　本当にご無礼をいたしました」

路之介はそう言って深々と頭を下げてから、少しだけ親しげな笑みを広げて、こう言った。

「ご同朋頭の小堀笑阿弥さまでございますね。幾度かいらしていただいておりましたのに、失念いたし、まことに申し訳ございません」

「ああ、いや……」

首を横に振ってきた小堀に、路之介は人懐(ひとなつ)っこい笑顔を見せた。

「主人より聞いております。小堀さまがお屋敷も、我が妹尾家とご同様、男ばかりであられますとか……」

「はい。さようで」

小堀笑阿弥は、嬉しそうに笑顔になった。

「いや、妹尾さまはご貴殿に、そんな風におっしゃっておられましたか？」

「はい。以前、小堀さまがお見えになられた後に、私が、『猫がいれば寂しくないので、小堀さまにも雄の猫をお勧めになられたらいかがでしょう？』と申し上げましたら、主人は笑っておりました」

「ほう……」

「でもあの時、『なれば勧めてみよう』と、主人はそう申しておりましたのですが、まだお勧めしてはおりませんのでしょうか？」

「ああ、いや……」

真っ直ぐに好意に持って見つめてくる路之介の目が眩しくて、小堀はそっと気づかれぬくらいに目をそらした。

「近頃は本当にお忙しく、城中にてもなかなか会えぬからでございましょう」

と、小堀は懐から文らしきものを取り出して、路之介に手渡した。

「実を申せば、いま一度だけでもお目にかかって、本当に猫の話などいたしたきところでございますが、どうも、もう、そうしたこともできませぬ。この文は、大事な文でございます。今すぐにでも、どうか妹尾さまにお届けのほどを……」

小堀はそう言って、やけに深々とお辞儀をした。

だが次の瞬間、お辞儀から頭を上げようとした小堀はふらりとして、二歩、三歩と、たたらを踏んだ。

「大丈夫でございますか？」

よろけた小堀を支えようと近づいて、「…………！」と、路之介は驚いた。

よく見れば、肌が浅黒いのだろうと思って見ていた小堀の顔は、「浅黒い」というのではなく、血色がおそろしく悪いのである。

「あの、小堀さま。具合がお悪いのではございませんか？　よろしければ、なかで、お休みを……」

「いや。今日は元旦でございますゆえな。これより、城へ行かねばなりませぬ」

と、小堀は、力なく笑って続けた。

「では飯田どの、どうか末永くご健勝にて、お励みくだされ」

「ありがとうございます……」

早くも小堀は背を向けて、城の方角へとゆらゆらと去っていった。

見ていると、時折、小堀はよろけて、また何とか立て直し、また少しよろけてを繰り返している。

その後ろ姿を見送りながら、路之介は考えていた。

(何で今頃、こんなところにいるんだろう……)

小堀に言われて気づいたが、本当に、もうとっくに城にいなければならない時刻である。正月のそれも元旦の年始の行事に、こんなに遅れてしまっても怒られないのであろうか。

それに、あの青い顔……。

(ああ！　では、今日は具合が悪いから、お城に遅れて出るのかもしれない)

と、それなりに納得しかけたその瞬間、

「……えっ」

と、路之介は、自分が持たされた文の一角が、たしかに血を吸って赤くなっているのに気がついた。

「…………！」

路之介は、その血の赤に、つい先日、妹尾家の先輩若党たちから、世間話に聞いた話を思い出した。

どこかの旗本の用人が、その屋敷の家宝の壺を誤って割ってしまい、その申し訳に『陰腹(かげばら)』を切って、主人が城勤めから帰ってくるのを、三刻(みとき)（六時間位）も待っていたというものである。

その話の際に、先輩の若党たちが、「陰腹を切って、三刻も生きていられるものか」「いや。上手く切れば、三刻ぐらいは大丈夫だろう」などと、さかんに話をしていたので、「かげばらとは何ですか？」と訊ねたら、教えてくれたのだ。

どういう風にすればいいのか、自分には想像もできないが、切腹をやりかけておいて途中でやめて、血の流れすぎで、すぐに死んでしまわないように、晒を腹にぐるぐる巻きに巻いて、血を止めておくのだそうである。

そして、そのどこかの用人の話の最後は、用人が事切れてから、血に汚れた着物を着替えさせてやろうと思ったら、用人が懐に入れていたらしい懐紙（鼻紙）が、血を吸って真っ赤になっていた、というものだったのだ。

この分厚い文の角が、こうして少し血を吸っているのは、やはり小堀が『陰腹』というのを切ったからなのではないだろうか……。

それなのに、小堀は陰腹を切った身体で「お城に向かう」と言っていた。

元旦のおめでたい晴れの日に、どうして陰腹なんぞを切って、お城に行こうとするのか……？

「…………！」

路之介は、弾かれたように駆け出した。

もうすでに小堀笑阿弥の姿は、道にはない。

とにかく、とにかく急いで小堀笑阿弥を見つけて止めるか、もし見つからなければ、一刻でも早くこの文を主人の十左衛門に届けなければならない。

そう必死で考え、路之介は小堀の姿を目で探しながら城への道を急ぐのだった。

十一

路之介が倒れ込むようになりながら、江戸城の大手門の前にある『下馬所』という広場に着いたのは、ちょうど半刻（一時間位）くらいが経った後のことである。

下馬所というのは、文字通り、登城してきた大名や旗本たちが、乗ってきた馬や駕籠から下りて、そこから先の大手門からは自分の足で歩いて城内に入らなければいけない、という場所である。

この下馬所には馬や駕籠だけではなく、登城の供として連れてきた家来たちもこの場に置いていかねばならないため、置いてきぼりを喰らった各武家の家臣たちが、広い下馬所のあちこちで、それぞれに塊を作っている。

武家奉公の若党や中間も楽ではなく、こうして登城の供についてくると、このまま主人が仕事を終えて戻ってくるまで、吹きっさらしの下馬所で何刻も待ち続けなければならないのだ。

おまけに今日は元旦であり、年始の行事で大名や旗本が大勢集まっているから、必定、外の下馬所も大混雑になっている。

路之介は、喘(あえ)いでふらふらになりながらも、大人の男たちを掻き分けて、大手門を目指して歩き出した。

「お？」

「何だ？　子供じゃねえか」

掻き分けて押されて、むっとした男たちに言いたい放題に言われながらも、ようやくお堀に架かる橋の向こうに大手門が見えてきた時だった。

「おい！　路之介ではないか！」

「……え？」

聞き慣れた大人の声に振り向くと、今朝、十左衛門の供をして出ていった妹尾家の家臣たちが、こちらに駆け寄ってくるところであった。

「大変なのです！　どうかお殿さまに、この文を早く！」

路之介は、とうとう地べたに倒れ込んだが、それでも「文を！」と叫んでいる。

尋常ではない路之介の様子に、若党たちは文を主人に届けるべく、大手門のなかへと駆け込んでいくのだった。

小堀笑阿弥が十左衛門に向けて書いた文は、このようなものである。

「先般、下部屋での信濃守さまとのご密談、失礼ながら、相聞かせていただきましてございます……」

時候の挨拶もなしに、いきなりこう始まった内容は、誰もが目を疑うような代物であった。

正月元旦の年始の儀式の最中に、小堀は本丸御殿に火を付けて、御殿と心中するつもりだというのだ。

(私は、思えば、この世に生まれ落ちた時から『同朋』だったのでございます……)

同朋の家に生まれ、先祖代々住んでいるのも同朋町で、子供の頃から近所には同役の同朋ばかりがいたから、何の疑問も抱かずに、「自分は将来、祖父や父と同じく同朋になるのだ」と、そう子供心に思っていた。

だが、いざ城勤めに入ってみると、どういう訳か、「坊主頭」で出仕するお役の者は、一段、低く世間に見られるようである。

最初はなぜ不当に虐げられるのか、訳が判らず、理不尽な他役の者たちに、とにかく腹を立てていた。

次には「あの表坊主たちが、大名から小遣いなどせびるゆえ、馬鹿にされるのだ！」と、「坊主頭というだけで、あんな浅ましい連中と一緒にしてくれるな」と、坊主たちに腹が立った。

ならば自分が、御殿内での「坊主」の地位を上げてやる。

心づけはいっさいもらわず、とにかくお役目に励んで、御用部屋の上つ方の皆々さまに、「どんなことでも、小堀に頼めば間違いはない」と、頼りにしていただけるようになるのだと、精一杯にやってきた。

坊主頭という異形ではあれど、あとは他の役方と何ら変わらず、ただひたすらに幕府のため、上様のため、ご老中や若年寄の皆々さまのためと、私心なく相勤めてきたつもりである。

だがその思いは、同役で仲間であるはずの坊主たちに疎んじられ、さりとて他の役方の者たちに坊主頭の役人が受け入れられる訳もなく、その狭間で自分ばかりか妻までもが、蔑まれ、疎んじられて、とうとう妻を死なせるはめにまでなってしまった。

ただそんな毎日のなかで、自分と同様に妻を亡くして、家を継がせる子もないというのに、養子も取らずに独り身を続けている目付筆頭の十左衛門と出会えたことだけが、たまらなく嬉しかったのだ。

十左衛門は城のなかでも華々しく、されど己に厳しく、正義を一心に貫いていて、そうした人が自分とそっくり同じ境遇にあり、そのそっくりな人が、小気味がよいほどに上部に屈せず、自分らの進退などおかまいなしに信じる道を進んでいるのが、本当に眩しく、まるで我が事のように嬉しかったのだ。

この人に、自分も同じだと思われたい。目付と同朋では御役の上では比べようもない格差だが、それでも自分は同朋として、正義に誇れる同朋として、いつまでもこの人と肩を並べて歩いていきたかったのだ。

だが口惜しいかな、我が配下たちは次々と浅ましく恥ずかしい悪行を繰り返して、そのたびごとに、目付方に迷惑をかけ、呆れられているのだ。

その腹立たしさと、これ以上、自分の配下が目付方に迷惑をかけないようにと焦る気持ちで、悶々としていたところに、ある日、奥坊主組頭の谷村仙佑が訪ねてきて、

「せっかく仲立ちをしてもらって申し訳ないのだが、やはり加江を離縁しようと思う」

と、そう言ってきたのである。

驚いて訳を訊ねると、仙佑は泣いていたという。

あの名倉の娘は、嫁に来て以来、本当に一度も笑わない。一日中、暗い顔をして、家事はきちんとするのだが、私にも、家族にも懐かない。

「あんなに見目のいい嫁なんぞをもらうから、お高くとまって懐かないのだ」

と、家族にも、親戚にも言われたが、歳が離れているせいもあるのだろうと、ずっと自分は我慢をしてきた。手を触れようとすると、青い顔をして逃げるから、文字通り、いっさい触れずに我慢をしてきたのだ。

だがある日、こちらもどうにも我慢ができなくなった晩があって、そっと声をかけながら、加江の寝間に忍んでいったことがあった。

するとあの嫁は必死になって拒否をして、よりにもよって自分の髪から簪を抜き、それを自分の喉に当てて、自害しようとしたのである。

夫であるこちらを見る加江の目は、まるで獣を見るようなそれであった。

何でこんな女を、内海は自分に紹介したのだ。自分が若くて美しいから、坊主の、それも若くもないこちらを、本当に獣と思っているのではないだろうか。

そう思って、心底、加江が憎らしく思えた時、仙佑は、自分や小堀から七両もの仲介料をふんだくった内海が許せなくなった。

五十俵の家禄のなかから、五両もの金子をひねり出すのは、並大抵のことではない。美しく若い女をこちらの目の前にぶら下げて、まるで美人局のように、大金をせしめた内海を、何としても痛めつけてやりたかった。

そこで仙佑が考えたのは、味噌のなかに毒を入れ、それを食した誰かが亡くなりでもすれば、組頭として台所の賄い食に責任のある内海が、切腹か、もしくは島流しにでもなるのではないか、ということだった。

だが、いざ実行に移してみると、思ったほどには死人も重病人も出ず、内海は野放しのままである。

おまけに立野林三郎の刃傷沙汰で、なぜ加江があれほどまでに自分を拒否するのか、その理由も知ってしまった。

仙佑は即刻、加江に三行半を書いて離縁したのだが、里に戻され清々として、おそらくは立野のことばかり考えているのであろう加江のことを想像すると、またも腸が煮えくり返った。

おまけにこうして破談になっても、内海は金を返さない。「世話をした労力としてもらった金なのだから返すいわれはない」と、強欲にもそう言って、突っ撥ねてくるのである。

金を戻さぬ内海への悔しさに、つい毎晩のように深酒をしていたが、ある日ふと、いい考えが頭に浮かんだ。

江戸市中に火事の多い時期だから、そのどさくさに紛れて、内海の屋敷を焼いてやろうと思った、というのである。

女物の着物は、加江が忘れて、誤って残していったもの。元は夫の自分に二度と会いたくないがために、忘れ物を取りに来ないのだろうと思うと、また腹が立って、よけいに火付けに弾みがついた。

（……仙佑のいたしたこと、私には、薄々判っておりました……）

以前、小堀笑阿弥は仙佑と二人きり、台所の賄いの話になった時、賄いに入っていた毒が、味噌のなかに混ぜられた毒草だったことを、仙佑から聞いたのである。

ただそれを、小堀はずっと不思議にも思っていなかった。

台所方の誰かから、仙佑が聞いたのだと思っていたのだ。

だがあの日、十左衛門と若年寄の小出信濃守との下部屋での密談を聞くうちに、小堀は仙佑が味噌に毒を入れた犯人だと判ってしまった。

そしてその晩、小堀は、「やはり真実を確かめねばならない」と、仙佑の屋敷を訪ねたのである。

「ご家人に聞かれぬところで話をしよう」と、二人で選んで近所の三念寺に行ったのだが、味噌の毒の話を突きつけると、笑みさえ浮かべ、さもしてやったりの顔をして認めた。

「自ら目付方に名乗って出ろ」と小堀が勧めると、仙佑は急に高笑いをし始めた。

「貴方さまという人は、本当に何と偽善がお好きなことか……。大名からも心づけは取らない。先日の賜り物の仕分けの際にも、袁徳に対し、あの火のついたような怒りようで……」

二百俵高で旗本の小堀は、そうして何ももらわずとも平気で暮らしていけようが、我ら坊主にまで、「もらうな！」と押し付けられてはたまらないと、仙佑は言った。

「奥も表も、坊主たちは皆、貴方さまには前からずっと辟易していたのでございますよ」

仙佑にそう言われて、小堀はカッとなって、つかみかかろうとしたという。

すると仙佑は自分の小刀を抜いて、小堀を口封じに殺めにかかってきた。小堀と仙佑が小刀を取り合って揉み合ううちに、どうなったか誤って仙佑の喉を突いてしまったのだった。

(私はもう、どうでこれ以上生き長らえても、生き恥を晒すだけにございます……)

文のなかで、小堀笑阿弥は、さめざめと泣いているようだった。

愛する妻には死なれ、同役の仲間たちには疎んじられ、世間には蔑まれて、それでも自分は「あの目付筆頭の妹尾さまと、心の芯で相通じているのだ」と誇りに思い、この一年がほどは頑張っていたのに、その人も、やはり自分を疑っているのである。

もはや自分には何一つ残ってはいないのだ。

未来永劫、たった一人の孤独に耐えて生きていかねばならぬなら、いっそすぐにもあの世へ行き、再び妻と一緒に暮らせるほうが、どれ程いいか判らない。

でもせめて、どうせ死ぬなら、日々忙しく勤め暮らした御殿のなかで死にたいと、小堀はまるで泣くように、そうしたためていたのである。

「本丸の御殿は、どこも絢爛豪華に襖絵も天井絵も描かれていて、眩しいばかりでございます。けれども物事というものは、美しく明るい場所が眩しければ眩しいほど、その分どこぞに暗く、哀しく、醜いものが集まってくるものなのでございましょう。私は、この身をずっと捧げて尽くしてきたこの本丸御殿に静かに暗く包まれて、御殿と心中いたしとうござりまする……」

妹尾家の若党たちが文を持って駆け込んできたのは、本丸御殿の玄関脇にある徒目付方の詰所である。

年始行事の日のことで、詰所には徒目付組頭である橘斗三郎も詰めていたのだが、駆け込んできた妹尾家の若党たちの様子にただならぬ気配を感じて、斗三郎は自ら立って駆け寄ってきた。

「橘さま！　この文を、どうか殿に！」

「義兄上だな？　心得た！」

託された文を手に、まだ式典の始まっていない大広間の襖を開けて、なかに入ると、斗三郎は目立たぬように体勢を低くして、十左衛門の傍に近寄った。

「お屋敷より、危急の文が届きましてございます。これを……」

そう言って斗三郎が見せたのは、文の一角に染み込んだ血の滲みである。

「……うむ。相判った」

異変を察した十左衛門は列を離れて廊下へ出ると、大広間に居並ぶ武家たちに話を聞かれないよう襖を閉めて、廊下の隅へと移動した。

「…………！」

控えている斗三郎を前に文を読み終えた十左衛門は、眼前に広がる金地に彩色の豪勢な襖絵をぐっとにらんだ。

この襖一枚閉まった向こうには、老中をはじめとする大名や旗本たちが、整然とすき間なく居並んでいる。

はやる心を押さえて、十左衛門はその襖を静かに開いた。

「…………！」

見れば、仲間の目付九人、「何事かございましたか？」という目の色をして、揃って顔をこちらに向けている。

その皆に向かって十左衛門は、

「おのおの方！」

と、声には出さず、口の動きだけで呼びかけた。

「はっ」

こちらも皆、口の動きで答えて、いっせいにこちらに出てきた。

斗三郎が心得て、皆の背中で襖を閉める。

再び大広間と隔絶されたのを見て取って、十左衛門は内緒話に、皆を小さく手招きした。

「仔細は省く。だが小堀笑阿弥が、この御殿に火を付けて城と心中するつもりだ」

「えっ？」

小さく悲鳴のような声をあげたのは、二人や三人ではない。

その皆を前に、十左衛門は文の最後の数行を読んで聞かせた。

暗く、哀しく、醜いものが集まってくるその場所で、静かに御殿に包まれるようにして心中するという、あの最後の数行である。

「散りましょう！」

聞き終えて、短くそう言ったのは、稲葉徹太郎である。

「それがよろしいかと……。では私、同朋や表坊主の詰所を見てまいりまする」

そう宣言して、早くも背を向けて走り出したのは、赤堀小太郎である。

「なれば、ご筆頭。私は、あちこちの納戸を……！」

蜂谷が言った「納戸」という言葉に呼応したのであろう。小原と佐竹が言い出した。

「拙者もともにまいろう！」

「さよう。納戸なれば暗いゆえ、まずいところと存じまするが、何ぶん城に納戸は多うございますゆえ……」

「なれば中奥がところは、私が探しましょう」

横手からそう言い出したのは、荻生朔之助である。

「私は長く小納戸でございましたゆえ、中奥なれば、勝手が判りますもので」

「うむ」

皆をまとめて、十左衛門が言った。

「なれば、蜂谷どのに小原どの、佐竹どのと荻生どのも頼む！」

「心得ましてございます」

誰が返事をしたものか、とにかく四人は目配せで担当を決めて散っていく。

残るは自分のほかは、稲葉に西根、清川、桐野といった面々であった。

「暗く、哀しく、醜いところ……でございますか？」

清川が文の一文を繰り返したとたんに、稲葉と西根と桐野とが、ほぼ声を揃えるようにしてこう言った。

「……厠？」

「うむ！」

皆とそっくり同じ想像をした十左衛門が、確信を持ってうなずいた。

「厠だ！　厠を当たってくれ。頼む！」

「はっ」

稲葉が代表のように返事をして、皆に簡単に担当の配分をつけると、一同いっせいにうなずいて散っていった。

御殿内の厠は、百を下らない。目付部屋にも一つあるが、その伝で、よく使う執務室や下部屋には、一部屋に一つずつ厠が設けられているのだ。

「妹尾どの」

不意に背後の襖が開いて、振り返ると、顔見知りの旗奉行の一人が大広間からこちらに出てくるところであった。

「何ぞ騒がしいようだが、どうなされたのだ？」

年始御礼の式が始まろうという時に、何を騒いでいるのだと言いたいのであろう。

その旗奉行に頭を下げると、十左衛門は言った。

「いや、申し訳もござりませぬ。ちと、急に小出信濃守さまより、目付に命(めい)が下りまして……」

「かような時にか？」

「はい、危急でございますようで……」

「ふん」

忌々(いまいま)しそうな顔をして、頑固者の旗奉行は自分の席に戻っていった。

それを見送って襖を閉めると、十左衛門は再び文を開いた。

焦って流し読みをしただけだから、もしかしたらもう一度読めばこのなかに、何か手がかりになるものが隠されているかもしれない。

焦る気持ちを必死で押さえ、十左衛門は達筆な小堀の文を、懸命に目で追った。

「……ん？『御殿に包まれて』？」

思わず口に出して繰り返し、十左衛門はその場所を思って、ぞっとした。

ぐるりと四方を絢爛豪華な広大な座敷群に囲まれて、だがひっそりと、暗く静かな場所がある。上様だけがお使いになるあの雪隠であった。

総面積が五百畳からある大広間の真ん中に、まるでつむじ風の芯の部分のように、上段之間のすぐ陰に、上様の雪隠があるのだ。

「あッ！」

見れば、ちょうど上様が白書院での儀式を終えたらしく、松の大廊下に足を踏み入れようとしている。

あの長い廊下を上様がこちらに渡りきって、上段之間に座られた時が、おそらくは小堀笑阿弥の自害の瞬間なのだ。

ついさっき閉めたばかりの彩色の襖を開けると、十左衛門は大広間に駆け込んだ。

「失礼！」

ずらりと居並んだ大名や旗本たちの目の前を横切って、十左衛門は、雪隠へと駆け入った。

はたして、

「小堀どの！」

やはり小堀は上様の雪隠の、大用の個室の隅にうずくまっていた。

「……妹尾さま……」

暗くてよくは見えぬのだが、かすかに油の臭いがする。だがそうして油を撒(ま)いて、たしかに火を付けるつもりがあったのだろうに、小堀は逃げるでもなく、怒鳴るでもなく、なぜか嬉しそうに見えるほどに、口の端を上げている。

そうして手に持った火打ち石を、十左衛門に自慢するように高く掲げて見せてきて、蚊(か)の鳴くような声で、こう言った。

「もう力が出ませぬゆえ、火が打てませぬ。これは、妹尾さまに……」

「小堀どの……」

近寄って、うずくまる小堀を抱き寄せてみれば、やはり陰腹を切っていたらしく、手も着物も真っ赤である。

その小堀笑阿弥をぎゅっと固く抱きしめて、十左衛門は震えて言った。

「拙者も同じだ。いつもはなるだけ忘れるようにしておるが、気がつけば、いつも独りで、『もうこの世に未練はない』と思うている。この闇に引き込まれぬよう、猫だ、斗三郎だ、路之介だと、いろいろに集めて懸命にこらえてはおるが、拙者とて、いつ闇にそのまま飲まれたくなるものか……」

「……妹尾さ、ま……」

小堀は薄闇のなか、だがかすかに首を横に振ったようである。

「…………」

「小堀どの……」

まだ温かい小堀笑阿弥を抱きしめて、十左衛門は声を殺して泣き始めた。

外では、はや、年始の儀式が始まったようである。上様のものらしき足音を聞きながら、十左衛門は泣き続けるのだった。

二見時代小説文庫

江戸城炎上　本丸 目付部屋2

著者　藤木 桂

発行所　株式会社 二見書房
東京都千代田区神田三崎町二－一八－一一
電話　〇三－三五一五－二三一一［営業］
〇三－三五一五－二三一三［編集］
振替　〇〇一七〇－四－二六三九

印刷　株式会社 堀内印刷所
製本　株式会社 村上製本所

落丁・乱丁本はお取り替えいたします。
定価は、カバーに表示してあります。

 ISBN978－4－576－18166－0
http://www.futami.co.jp/